Das Buch

Ein heißer Sommer in der betonharten Gropiusstadt. Gino, Julius und Lukas kiffen, chillen, saufen, glotzen Mädchen hinterher. Bis Sanchez in ihr Leben tritt mit seiner charmanten und echt coolen Art. Er überredet die Jungs zu einem Einbruch. Sie ziehen das Ding völlig dilettantisch durch, aber es funktioniert. Nur wie vertickt man geklaute Computer, wenn man erst 15 ist und keine Hehlerkontakte hat? Sanchez macht eine Türken- Connection klar. Doch es kommt alles anders als geplant.

Der Autor

FELIX LOBRECHT, geboren 1988, wuchs mit zwei Geschwistern bei seinem alleinerziehenden Vater in Berlin-Neukölln auf. Er ist Autor, Stand-UpComedian und einer der erfolgreichsten Slampoeten.

FELIX LOBRECHT

SONNE UND BETON

ROMAN

ULLSTEIN

Besuchen Sie uns im Internet
www.ullstein.de

Wir verpflichten uns zu Nachhaltigkeit
- Papiere aus nachhaltiger Waldwirtschaft und anderen kontrollierten Quellen
- Druckfarben auf pflanzlicher Basis
- ullstein.de/nachhaltigkeit

FSC
www.fsc.org
MIX
Papier | Fördert gute Waldnutzung
FSC® C083411

Ungekürzte Ausgabe im Ullstein Taschenbuch
1. Auflage Juni 2018
20. Auflage 2025

Bei Fragen zur Produktsicherheit wenden Sie sich bitte an
produktsicherheit@ullstein.de
Umschlaggestaltung: zero-media.net, München,
nach einer Vorlage von semper smile, München
Titelabbildung: © IM_photo / shutterstock
Foto des Autors auf Seite 1: Afra Bauer, Berlin
Satz: L42 AG, Berlin
Gesetzt aus der Caecilia
Druck und Bindearbeiten: CPI books GmbH, Leck
ISBN 978-3-548-29058-4

Für Frank, Ursula, Julian, Sophie und Afra

KAPITEL 1

»Mann, is dein Ernst? Lass mich doch mal rein jetzt, Alter. Ich bin seit vier Jahren hier auf dieser bekackten Schule. Du kennst mich. Wir haben uns schon tausendmal gesehen, ja. Ohne Spaß ...«, sage ich.

Der Security-Typ am Eingang zur Schule reagiert nicht.

»Alter, ich hab nur heute einmal diesen scheiß Ausweis vergessen, wirklich. Sonst hab ich den immer dabei, Mann. Immer. Lass mich doch einfach rein jetzt.«

Der Typ verzieht keine Miene und zieht an seiner Kippe, ohne mich anzugucken. »Kein Schulausweis, dann kommt nicht rein«, sagt er.

Ich gucke auf die Uhr – kurz nach zehn, pünktlich zur dritten Stunde zu kommen wird knapp. Eigentlich egal, aber so oft, wie ich dieses Halbjahr gefehlt habe ... Ich hab kein Bock, die Neunte noch ein drittes Mal zu machen, ich muss da jetzt irgendwie reinkommen. Ich sehe mich um. Ist nicht irgendwo ein Lehrer von mir, der dem Typen erklären kann, dass ich hier auf die Schule gehe, oder so? Diese neue Regelung mit diesen Security-Affen hier an den Eingängen und auf dem Schulhof ist so dumm. Es klingelt zur Stunde, der Hof leert sich langsam.

»Mann, weißt du eigentlich, warum du hier stehst?«, sage ich. Er schnipst den Stummel seiner Zigarette weg. »Du sollst darauf achten, dass keine Fremden irgendwen von hier zusammenschlagen oder Leute mit Waffen in die Schule kommen. Nicht Schüler, die hier normal auf die Schule gehen, aussperren, Alter!« Er reagiert nicht. »Ihr kontrolliert mich doch sonst auch nicht ... Lass mich doch mal rein jetzt, bitte ...« Er stellt sich direkt vor das Tor, holt sein Handy aus der Tasche und tippt irgendwas. So ein Spast. Ich schaue mich noch mal um, immer noch kein Lehrer in Sicht, den ich kenne. Scheiß drauf, ich gehe. Vielleicht schwänzt Gino ja zufällig, ich schreib ihm mal.

»Halbe Stunde Wutzkyallee vor Videothek«, antwortet er. Ich stecke mein Handy wieder ein und laufe los.

Beim Döner hinter dem U-Bahnhof Zwicke kaufe ich mir von meinem letzten Geld eine Cherry Coke, fummel die Kopfhörer aus meinem Rucksack und mache Musik an. Ich laufe durch die Unterführung neben dem DeGeWo-Hochhaus, zu den Blocks dahinter. Wer kam eigentlich auf die Idee, eine Hälfte der Häuser in so einem hässlichen Braun und die andere Hälfte weiß zu bauen? Warum nicht wenigstens dieselbe Farbe?

Die Alkis auf der Bank neben dem Spielplatz unterhalten sich so laut, dass ich sie trotz meiner Musik höre. Ihr Geschrei passt gerade voll gut zu dem Intro von »Elektrofaust«. Ich drücke kurz auf Pause, um zu hören, was sie brüllen. So wie die lallen, verstehe ich aber nichts. Die meisten kenne ich vom Sehen, der eine wohnt sogar bei mir im Haus, glaube ich. Ich gucke ihn an, er sieht mich, grüßt aber nicht.

Hoffentlich sitze ich in zehn Jahren nicht auch auf irgendeinem gammligen Spielplatz hier zwischen den Hochhäusern und saufe. Glücklich sehen die nämlich nicht aus. Die meisten Erwachsenen, die mir entgegenkommen, sehen nicht glücklich aus. Egal, ich laufe weiter, skippe zwei Lieder vor auf »Heavy Metal Payback« von Bushido und Fler und rappe leise mit. Ich kenne alle Texte auswendig. Alle.

Vor der Videothek steht Gino schon. Er hat die Hände in den Hosentaschen und lässt die Schultern hängen. Er guckt hektisch nach links und rechts, wahrscheinlich hat er Angst, dass ihn irgendwer beim Schwänzen erwischt. Ich habe mich eh gewundert, dass er sich ausgerechnet auf dem großen Platz treffen will. Wenn man irgendwo gesehen wird, dann hier, außerdem wohnt er direkt um die Ecke. Seine Eltern haben beide keinen Job, nicht unwahrscheinlich, dass die hier vorbeikommen. Vor allem seine Mutter. Die geht einkaufen, ab und zu irgendwo putzen oder erledigt irgendwas für Ginos kranken Bruder. Sein Alkoholikervater kriegt ja gar nichts mehr auf die Reihe, außer saufen und Novoline zocken.

»Lukas, wie geht's!? Auch kein Bock auf Schule heute, oder wie?«, fragt Gino leise. Ich nehme einen Kopfhörer aus dem Ohr raus und gebe ihm die Hand. »Ach, frag nicht! Scheiß mal auf Schule heute.«

Gino nickt.

»Sollen wir bisschen rumlaufen und später zu mir gehen? Mein Vater arbeitet heute ab zwölf irgendwas«, sage ich.

»Ja, aber lass mal noch kurz warten hier. Julius wollte noch vorbeikommen, ja«, sagt er.

Julius kommt auch? Hätte er mal vorher sagen sollen, dann wäre ich lieber direkt zu mir gegangen ... Ich hab eigentlich kein Bock, dass er mit zu mir kommt. Er labert immer so viel. »Da kommt er schon«, sagt Gino und zeigt in Richtung U-Bahnhof. Julius läuft immer, als wäre er der breiteste Mensch auf der Welt, dabei ist er genauso dünn wie Gino und ich. Er hat so oft Stress, weil er rumrennt wie Tony Montana, als Blonder in einem Bezirk voller Ausländer. Irgendwas hat er an sich, dass ihm Leute permanent auf die Fresse hauen wollen, und wenn man mit ihm zusammen unterwegs ist, wird man genauso zur Zielscheibe.

»Was los, ihr Schwänzer?«, ruft er mit breitem Grinsen. Gino macht große Augen und fuchtelt wild herum, damit Julius ruhig ist. Der fängt an zu lachen und gibt uns die Hand. »Alter, Jungs. Habt ihr Dings, die Story von Marek und sein Leuten, gehört? Die ham sich krass mit den Jungs von Johannisthaler geboxt gestern. Diesen Emre und so. Danach Emre is mit allen da zur Sonne gefahren, hat die Polen gesucht, ja. Katastrophe, alle haben sich geschlagen, zwei wurden abgestochen. Richtiger Film, ja. Ich schwöre ...« Er redet, als ob er dabei gewesen wäre. »Egal ja, was wollen wir machen?«, fragt er dann.

»Könn wir erst mal zu dir gehen, Julius?«, sagt Gino.

»Nee, Mann, geht nicht, ja. Dings, mein Bruder ist

krank. Wir könn da jetzt nich rumgaunern. Lass Gropius gehen oder so ...«

»Is doch viel zu heiß für die scheiß Passagen jetzt. Lass lieber irgendwo draußen in die Sonne setzen, oder so«, sage ich.

Julius guckt Gino an, der zuckt mit den Schultern und nickt. »Euer Ernst? Wisst ihr, was bei den Wetter für Bitches Gropius rumlaufen, Alter!«, sagt Julius und zündet sich eine Zigarette an. »Aber okay, wenn ihr kein Bock auf Frauen habt, ja ... Dann lass Dings, Rudower Fließ gehen und uns langweilen. Ich schwöre ...«

»Ja, keine Ahnung, was mit Sari ist, Alter. Er geht nicht an sein scheiß Telefon. Vielleicht hat er nix, ja. Außerdem ist mein scheiß Akku gleich leer ... Ich fick so was.« Julius steckt sein Handy wieder ein und sieht erst mich, dann Gino an.

»Keine Ahnung, Lipschitz im Park holen einfach?«, sagt Gino. »Cem gibt doch immer ganz gut, und um die Zeit sind da noch nicht so viele, glaub ich.«

»Wollt ihr echt unbedingt kiffen jetz? Is doch chillig hier grad«, sage ich und schmeiß eine leere Glasflasche in das Fließ.

»Dings, ich dachte, wir gehen jetzt eh zu dir? Dann lass doch ausnutzen, dass du sturmfrei hast, und ein buffen, ja ...«, sagt Julius und guckt mich an. Wobei, jetzt gemütlich bei mir auf dem Balkon sitzen und einen rauchen wäre schon geil, und so oft ist mein Vater tagsüber auch nicht weg.

»Ja stimmt schon«, sage ich. »Aber sollen wir echt im Park holen? Is doch scheiße da ...«

»Was sollen wir sonst machen, wenn Sari nich rangeht?«, sagt Gino.

»Mein Akku is jetz auch komplett leer, wir können eh kein mehr anrufen, ja. Lass hin einfach!«, sagt Julius. Scheiß drauf, geht ja nicht anders.

»Hä, warum willst du hier rein?«, sage ich. »So müssen wir einmal durch den ganzen scheiß Park laufen. Lass doch lieber außen rum gehen, Cem und die andern Türken stehen doch eh immer am anderen Ende. Kein Bock, bei den ganzen scheiß Arabertickern vorbeizukommen die hier vorne immer stehen ...« Julius winkt ab und läuft einfach weiter.

Ich hasse diesen Park, es ist dumm, hier unnötig herumzulaufen. Die Bierdeckel und Glassplitter, die überall auf der Wiese liegen, reflektieren das Sonnenlicht und blenden mich. Ich kneife die Augen zusammen und laufe Gino und Julius hinterher.

»Jungs, was los? Amphe, Koka, Gras? Ich geb euch beste Kurs«, zischt uns ein Typ zu, einer von den Arabern. Er sitzt mit vier Freunden auf einer Bank, spuckt vor sich auf den Boden und starrt uns an. Genau deswegen wollte ich außen lang laufen ...

»Jungs, was braucht ihr?«, fragt er.

Ich gucke wieder nach vorne und antworte nicht. Einfach schnell zu Cem und nach Hause. Nicht auf ein Gespräch einlassen, das gibt nur Ärger.

»Ey, nich einfach weiterlaufen, ja! Wallah, ich mach guten Preis.« Gino guckt auf den Boden und geht stur weiter, ich laufe hinterher. Julius bleibt plötzlich stehen. »Nein, danke, ja. Wir brauchen nix«, sagt er.

Wieso antwortet er denn jetzt? Und wieso bleibt er stehen, ist er behindert?!

»Lak, was ihr braucht nich?! Ich geb euch zwei Dinger für Zehner, ja. Wallah, sag mir ein hier, der besser gebt!«

»Dings, danke ja. Aber wir brauchen echt nicht«, sagt Julius. Der Typ schnipst seine Kippe weg und steht auf.

»Was macht ihr dann hier, ja? Sonnen könnt ihr euch Lipschitzbad, ihr Opfer.« Er zeigt in Richtung Schwimmbad und läuft auf uns zu. Er hat recht, in den Park geht man nur, um Gras oder was zum Ziehen zu kaufen, keiner hängt hier einfach so rum. Irgendwelche Penner höchstens.

»Geht ihr zu den N**** oder Cem, diesen Hurensohn, oder wie?« Seine Freunde stehen jetzt.

»Nein. Dings, ja, wir nehmen gar nix. Und wenn, gehen wir bestimmt nicht bei den scheiß Türken holen, ja …«, sagt Julius leise und versucht zu lächeln.

Er soll mal jetzt die Fresse halten und einfach weiterlaufen. Ich ziehe ihn an seinem Kapuzenpullover zu uns.

Der Araber reißt die Augen auf. »Wallah, was 'n mit dir?« Er starrt mich an. Mit einem schnalzenden Geräusch spuckt er durch eine kleine Lücke zwischen seinen Schneidezähnen und stellt sich vor mich.

»Bist du behindert, was los mit dir?« Er schubst mich. Seine Kumpels stellen sich in einem Halbkreis um uns herum. Mir wird heiß, mein Herz schlägt schneller, ich fange leicht an zu zittern.

»Mann, Entschuldigung. Nix ist mit mir, ja. Danke

für dein Angebot, aber äh, wir, wir haben's eilig und müssen einfach weiter. Wirklich.«

»Scheiß Opfer Deutscher, ja. Hör auf zu stottern, du Missgeburt! Was los mit dir, wenn ich mit dein Freund rede, was ziehst du ihn weg dann? Soll ich dir mal ein Bombe geben jetzt?« Er knackt seine Finger und guckt mir direkt in die Augen.

Ich zwinge mich, den Blick zu halten. Er weiß eh schon, dass ich ein Opfer bin, so wie ich gerade herumgestammelt habe. Wenn ich jetzt noch auf den Boden gucke wie ein Mädchen, krieg ich sofort auf die Fresse.

»Mann, ich hab doch gar nichts gemacht, ja. Lass, lass uns einfach weitergehen und dann ist gut, okay?« Meine Stimme überschlägt sich.

»Dings, Djamel«, sagt Julius auf einmal, »ich schwöre, Lukas wollte nicht respektlos sein, ja. Wir hams nur eilig, dies das. Außerdem, Dings, wir kennen uns doch. Wir waren zusammen Grundschule früher. Du weißt doch, Frau Müller, die fette Kuh, diese ganzen Opfer und so. Lass ihn ma gehen einfach, ja.«

Was redet Julius denn da? Kennen die sich aus der Schule? Warum sagt er das nicht früher?

»Lak, halt mal dein Schnauze, du Opfer!«, sagt der Araber, ohne den Blick von mir abzulassen. Er drückt seine Stirn an meine, zieht die Schultern hoch und fährt die Arme aus. Er bewegt sein Kinn nach rechts und links. »Du Hundesohn, ja. Was bist du respektlos?« Er spuckt rechts neben mir auf den Boden.

Reflexartig folge ich der Spucke mit meinem Blick, plötzlich höre ich den dumpfen Aufschlag seiner Faust auf meinem rechten Wangenknochen. Dieses kurze, harte Knallen in meinem Schädel kommt immer erst zeitverzögert an. BAMM! Ich taumele. Die Freunde des Arabers grölen von der Seite, einer tritt mir in den Magen, ein anderer filmt mich mit seinem Handy. Meine Wange pocht, der Bauch krampft sich zusammen. Gino und Julius stehen starr daneben.

»Du Opfer, ja. Guck mich an und kämpf wie ein Mann jetzt!« Während er mich anschreit, knallt es wieder. Direkt auf die Nase, meine Augen fangen sofort an zu tränen, und mein Blick verschwimmt. Blut läuft über meinen Mund und tropft vor mir auf den verdorrten Rasen. Sein dritter Schlag trifft den Solarplexus, ich ringe nach Luft.

»Yallah, verpisst euch ma jetzt! Opfer ihr!«, schreit er und schmiert das Blut an seiner Faust an meinem T-Shirt ab. Mit der anderen Hand greift er mein Gesicht.

»Ich schwöre, sei froh, dass ich nett bin heute. Normalerweise ich stech dich ab für so was, ja. Hurensöhne! Geht ma jetz ja. Ihr Missgeburten! Richtige ...« Er flucht auf Arabisch weiter und drückt mein Gesicht weg. Sie spucken uns hinterher und lachen. Bloß schnell weg.

Ich halte mir die blutende Nase. Keiner sagt etwas. Ein paar Meter weiter sitzen zwei Erwachsene auf der Wiese. Sie rauchen Wasserpfeife, reden, lachen, als hätten sie nicht gesehen, was mir gerade passiert ist. Was für Wichser, die haben alles genau gesehen und gucken uns nicht mal an. Die hätten nur einmal was rufen müssen. Irgendwas. Aber nein, sie scheißen einfach drauf – jeder macht seinen eigenen Scheiß. Ich hasse das.

Ein Pfandsammler läuft uns entgegen und hebt leere Bierflaschen auf. Er kommt näher, guckt mich an und reicht mir wortlos ein Taschentuch. Ich nicke abwesend und nehme es. Ich ziehe mein Handy aus der Hosentasche und benutze die Rückseite als Spiegel. Alter, wie ich aussehe ... Katastrophe. Zum Glück ist mein Vater den ganzen Tag unterwegs. So darf er mich nicht sehen. Er versteht einfach nicht, dass es nicht meine Schuld ist, wenn ich auf die Fresse kriege. Der Klügere gibt nach, bla bla ... Aber was hätte ich eben machen sollen? Ich hab ihm schon tausendmal erklärt, dass sich vieles verändert hat, seit er hier aufgewachsen ist.

»Mann, Dings, Alter. Der Typ hat so Glück gehabt. Ich schwöre, ich wollt grad ...«, sagt Julius.

»Was wolltest du grad? Ihn boxen? Ihn ficken?«, sage ich direkt. »Erzähl keine Scheiße, wenn alles schon gelaufen ist. Du hast genauso abgekackt wie Gino und ich ... Was das für 'ne Scheiße, ja? Ihr seht, wie der Spast mich boxt, und macht gar nichts. Einfach gar nichts. Was seid ihr für Freunde? Und Julius, Alter, bist du behindert? Wenn dich so ein Typ anlabert, warum bleibst du stehen? Was dachtest du, was passiert? So was gibt nur Ärger ... Und was, wir kaufen nicht bei scheiß Türken, Alter! Was redest du?«

Ich atme tief ein und aus und fasse mir vorsichtig an die Nase, das halbgetrocknete Blut ist klebrig. Ich schüttle den Kopf und gucke die beiden an, sie glotzen betreten auf den Boden. »Hat einer von euch noch 'ne Kippe?«, frage ich. Julius fummelt seine Schachtel aus der Hosentasche und hält sie mir wortlos hin.

»Danke!«, sage ich leise. Ich nehme mir eine heraus, zünde sie an, nehme zwei tiefe Züge und puste langsam aus.

Was für eine Scheiße alles. Aber wenn ich ganz ehrlich bin, ich hätte an ihrer Stelle genauso festgefroren danebengestanden und nichts gemacht. Was hätten sie auch machen sollen? Wenn einer von ihnen sich ernsthaft eingemischt hätte, wäre es völlig eskaliert. Ich kann froh sein, dass ich nur ein paar Schläge abbekommen habe und die uns nicht noch die Handys abgezogen haben. Dagegen hätten wir auch nichts machen können. Und wenn man sich wehrt, hat das immer ein Nachspiel. Immer. Entweder, die suchen die ganze scheiß Gropiusstadt nach dir ab oder kommen mit zehn Mann zu deiner Schule. Egal wie, das kommt zurück, die lassen sich hier nicht ficken.

Julius und Gino sagen immer noch nichts, ich ziehe an der Zigarette. »Ja, was soll's, Mann. Scheiß ma jetzt drauf. Lass einfach zu Cem gehen, was zu kiffen holen und über Johannisthaler zu mir fahren. Sonst war das komplett umsonst hier ...«

Cem steht im Schatten des Hochhauses am Ende des Parks und schaut sich um. Er richtet sein weißes Nike-Cap und läuft zu der Bank, an der er immer wartet. Je näher wir kommen, desto lauter wird der blecherne Sound seiner Handymusik. Ein paar Meter weiter sitzen seine Leute.

»Ich mach das!« Julius nimmt Gino die zehn Euro in Münzen aus der Hand und geht auf Cem zu. Eigentlich wollten wir das noch wechseln, Ticker hassen Kleingeld. Gino und ich bleiben stehen. Cem checkt Julius mit seinen eisblauen Augen ab, dann lächelt er.

»Selam, wie jeht's, Dicker? Allet klar oder wie?«, Cem ist freundlich wie immer. Er ist der einzige Ausländer, der berlinert, zumindest kenne ich sonst keinen. Er gibt Julius die Hand und nickt mir und Gino zu.

»Jo, alles klar, ja«, sagt Julius. »Grad bisschen Stress gehabt und so bla.« Er winkt ab, guckt sich kurz um und gibt Cem das Kleingeld.

Der zählt es genervt.

»Mann, Alter. Scheine, Dicker. Scheine ... Ick sag jedes Mal, ja. Wallah ...« Er steckt die Münzen ein, geht ein paar Meter, greift in ein Gebüsch und kommt wieder. Er wirft Julius ein Alufoliepäckchen zu und sieht zu mir und Gino rüber.

»Cüüüs, watt is'n mit dir passiert? Ohaaa!«, er zeigt auf mich. Ich gucke betreten weg und winke ab.

»Ach, nix. Alles okay«, sage ich leise.

»Wie nix? Dicker, haste ma Spiegel geguckt? Ganze Gesicht zerfickt, ja ... Schlägerei oder wat?« Immer wenn es um Schlägereien geht, bohren die Ausländerjungs nach. Immer.

Ich winke unbeholfen ab und gucke Julius an. Er soll jetzt einfach ruhig bleiben.

»Wir haben uns mit so Arabern geboxt grad, ja«, sagt Julius. Sein Ernst gerade? Warum hält er nicht einmal die Fresse?

»Wat? Welchen Araber? Die hier vorne aus den Park oder wat? Lak ey, wenn die dit waren, ick schwöre, wir ficken die, ja.« Cem reißt die Augen auf. »Wallah, warn die dit?«

»Ja genau die, Alter. Richtige Opfer. Die haben gar kein Respekt einfach. Der eine hat dich Hurensohn genannt, Cem. Ohne Spaß.«

Ist Julius behindert? Wie kann er das erzählen, hat er vergessen, was er grad zu den Arabern über Cem gesagt hat? Und er lächelt auch noch dabei. Ich gucke Gino an, der reißt die Augen auf.

»Diese scheiß Araber. Verkaufen hier ihr gestrecktes Piss-Ott, boxen mein Kunden und nennen mich Hurensohn? Sind die wahnsinnig, Alter? Wallah, ich schwöre, sind die behindert? Was los mit denen? Ick fick die, ja. Die wissen doch, wer ick bin? Wollen die ganz S44 gegen sich? Ein Anruf, und hier stehen fünfzig Leute, aber die richtig kaputten ...«

Weil Cem so laut redet, stellen sich seine beiden Kumpels dazu und gucken, ob alles okay ist. »Guckt euch ma ihn an!«, sagt Cem und zeigt wieder auf mich. Seine Kumpels starren mich an, wie unangenehm.

»Diese Hurenkinder schlagen einfach diese Jungs, ja. Die kaufen bei mir, die sind nett, ja. Wat boxen diese Fotzensöhne die? Ick schwöre, Alter ...«

Seine Kumpels nicken. Cems stechend blaue Augen mustern mich. »Ick kenn dich doch, oder? Ist nicht Marco dein Bruder?«

Ich zögere. »Ja, mein großer Bruder ... Aber er wohnt nicht mehr hier seit zwei Jahren«, antworte ich knapp.

»Unsere Brüder sind doch Freunde, ja. Serkan und Ali sagen immer, Marco is einziger deutscher Kanake.« Cem lacht kurz auf. » Er war früher andauernd bei uns, und ick durfte immer nich mitspielen. Wallah ...«

»Ja, ich glaub, die kennen sich schon seit der Grundschule«, sage ich. Ich hasse es, über meinen Bruder zu reden. Früher wurde ich andauernd auf Marco angesprochen, jeder kennt ihn.

»Ja, dann sowieso. Passt uff, Jungs. Ick schwör, es reicht jetzt einfach. Wir gehen jetz zu den Arabs und ficken die, ja. Diese Hunde!« Was? Ist das sein Ernst? Julius grinst und sieht mich stolz an.

Cem tippt auf seinem Handy herum, sagt irgendwas zu seinen Freunden und stellt sich zu mir. »Dings, wir machen so: Wir gehen jetz zu diesen Opfern, und du boxt erst ma den, der dich geschlagen hat, ja. Dein Bruder hätte auch so gemacht, glaub mir. Du lässt dir nich gefallen, oder?«

Er zieht einen Totenschläger aus seinem Hosenbund und hält ihn mir hin. Ich greife ihn abwesend und schlucke.

»Einfach auf Kopf. Oder du nimmst Schlagring, hab ick auch dabei, ja! Auf jeden Fall kriegst du den ersten Schlag. Du lässt dich nicht einfach boxen, oder? Wenn die Faxen machen, wir ficken die. Ick hab eh noch was mit den zu reden ... Tamam?« Er zwinkert mir zu und lächelt.

Ganz schön schwer, der Toti, den will ich nicht abkriegen. Niemals kann ich jemanden damit schlagen. Ich hab nur einmal überhaupt zugeschlagen, weil Marco meinte, ich soll mir nichts gefallen lassen, wenn mich einer anwichst. Ich hab auf ihn gehört und wurde dann von fünfzehn Leuten zusammengeschlagen.

»Okay, lass gehen!«, sagt Cem und läuft mit seinen Freunden los. Julius stolziert breitschultrig vorne mit.

»Was soll ich jetz machen, Mann?«, flüstere ich Gino zu. Er läuft mit gesenktem Kopf neben mir.

»Keine Ahnung, Lukas«, sagt er leise, sieht mich kurz an und schüttelt den Kopf. »Ich will weg, ja ...«

»Ich auch, Mann ... Was sollen wir machen? Wenn die Araber Cem erzählen, was Julius grad für 'ne Scheiße gelabert hat, sind wir tot. Ich ... Keine Ahnung ... Scheiße, ja!«

Julius lässt sich zu uns zurückfallen.

»Dicker, pass ma auf, ja! Cem und die andern boxen jetz die Arabs, danach gibt er uns beste Kurs, weil wir Dings, geholfen haben. Ich schwöre. Sag ma nich, ich hab gut gemacht!« Er lacht.

Was soll ich dazu sagen? Gleich haben wir hier Stress mit allen, kein Bock, ihm das zu erklären.

Vielleicht sind die Arabs ja nicht mehr da, oder so. Obwohl es eigentlich nicht so aussah, als ob sie nur kurz dort sitzen würden. Die wollen ja auch ihr Zeug verkaufen. Scheiße. Mein Herz schlägt schneller, meine Hände sind schwitzig, der Totenschläger rutscht mir fast aus den Fingern. Cem dreht sich um, haut mir mit aufgerissenen Augen und schiefem Grinsen auf die Schulter und nickt zuversichtlich. Ich nicke abwesend und versuche zurückzulächeln.

Die beiden Erwachsenen von vorhin sitzen immer noch da und rauchen Wasserpfeife. Was müssen die sich jetzt denken? Vor zehn Minuten bin ich mit blutverschmierter Fresse und zwei Freunden an ihnen vorbeigelaufen, jetzt kommen wir mit drei bewaffneten Kanaken, die viel älter sind als wir, zurück. Aber wahrscheinlich ist ihnen das auch völlig egal.

Was ist jetzt schlimmer: einfach versuchen, den Typen zu schlagen, und hoffen, dass Cem und seine Kumpels mir schon helfen werden, oder das Gespräch zwischen beiden, bei dem herauskommt, dass Julius sie jeweils vor dem anderen beleidigt hat? Auf jeden Fall das Gespräch.

»Lukas«, sagt Gino. »Ruf doch Marco an einfach …«

Marco anrufen? Das geht nicht. Bringt auch nichts – ehe der hier wäre, ist eh schon alles vorbei, außerdem kann ich nicht immer meinen Bruder rufen.

»Weißt du was? Nee, Mann! Vielleicht box ich den Spast jetzt wirklich einfach«, sage ich. Gino sieht mich verunsichert und fragend an. »Na ganz ehrlich, ey. Er hat's doch verdient, Gino. Ich habe nichts gemacht. Nichts. So was kann ich mir nicht gefallen lassen.« Ich sollte ihm wirklich einfach das Ding in die Fresse hauen … Mit einer schnellen Armbewegung fahre ich den Toti aus und werde schneller. Ich haue mir die Spitze leicht auf die Handfläche. Das muss so brutal weh tun das Ding … Aber egal, scheiß drauf, seine eigene Schuld. Er hätte mich einfach in Ruhe lassen sollen. Ich gehe jetzt dahin und ziehe ihm den Toti in seine scheiß Fresse. Einfach hin, zuschlagen und fertig. Ich greife den Schläger fester und balle die andere Hand zur Faust.

Die Jungs vor mir halten plötzlich an. Cem holt eine Schachtel roter Marlboros aus seiner Hosentasche, bietet allen eine an, nimmt sich selbst eine, lässt sich von einem seiner Kumpels Feuer geben und redet irgendwas auf Türkisch. Was ist los?

»Okay, ja, wir machen so: Engin und Volkan bringen

schnell Ott weg, danach wir gehen zu den Opfern. Du haust ihn den Toti in die Fresse, danach sind wir dran, allet klar? Ach und Dings, ick hab noch mein Brüdern Bescheid gesagt, ja. Wenn er mich Hurensohn nennt, dann ja auch sie, wa! Nicht gut für ihn, wallah, nicht gut. Meine Brüder sind nich so nett wie icke.«

Ich schaue den Schotterweg entlang bis zur Kuppe des kleinen Hügels, dahinter müssten die Arabs sitzen. Ich kann nicht still stehen und laufe auf der Stelle hin und her. Engin und Volkan kommen wieder.

»Tamam?«, sagt Cem, die beiden nicken. Wir laufen weiter, diesmal gehe ich vor. Einfach hin, nicht reden, zack, zack, und dann kümmern die andern sich darum. Kein großes Ding, einfach BAMM – drauf!

An der Bank von eben stehen jetzt mindestens zehn Leute. Sie albern herum, gucken sich irgendwas auf einem Handy an und lachen laut. Wahrscheinlich das Video, das sie eben von mir gemacht haben. Diese Opfer. Einer von ihnen sieht uns kommen, steckt sich den kleinen Finger in den Mund und pfeift so laut, dass sich Anwohner aus den Blocks lehnen, um zu sehen, was los ist. Alle Jungs bei der Bank starren uns an, laufen langsam auf uns zu.

»Geht los jetz«, sagt Cem. Hinter den Arabern kommen zwei Typen angelaufen, Cems Brüder. Ich höre meine eigenen Schritte auf den Boden stampfen, halte den Totenschläger fest. Einfach zuschlagen, einfach zuschlagen jetzt!

Dieser Djamel tritt aus der Menge und guckt mich an. »Lak, was mit dir, du Hurensohn? Glaubst du, mit Toti hab ich Angst vor dir?«, brüllt er.

Ich bleibe stehen, ohne dass ich es will. Ich kann meine Beine plötzlich nicht mehr bewegen. Was passiert hier gerade? Was mache ich hier überhaupt? Ich gucke Julius und Gino mit offenem Mund an und schüttele den Kopf. Mir gleitet der Totenschläger aus der Hand. Ich stehe einfach da. Cem bleibt neben mir stehen und starrt die Araber mit aufgerissenen Augen an, ohne zu blinzeln. Mit seinen eishellen Augen und den kleinen Pupillen unter den dicken schwarzen Augenbrauen sieht er völlig irre und unberechenbar aus.

»Was los, Cem, neue Freunde oder was? Deutsche, ja …«, sagt Djamel.

Cem geht auf ihn zu und knallt ihm, ohne ein Wort zu sagen, den linken Ellenbogen in die Fresse. Dieses kurze, zeckend-dumpfe Klatschen hallt durch den Park. Djamels Schläfe platzt sofort auf, sein ganzes Gesicht ist voller Blut.

»WAS NENNST DU MICH HURENSOHN? ICH TÖTE DICH!«, brüllt Cem. Plötzlich stürmen die ganzen Leute von Djamel auf ihn los. Engin schnappt sich den Totenschläger, der vor mir im verdorrten Gras liegt, und schlägt blind drauflos. Cems Brüder sind jetzt da und zerren die Arabs von ihm weg, schubsen sie auf den Boden und treten auf sie ein. Alle schreien herum, es knallt und klatscht überall.

Ich schüttele mich. Gino packt mich an der Schulter und guckt mich mit panischem Blick an.

»Ich hau ab, Lukas!«, sagt er und rennt los. Was soll ich machen? Djamel liegt keuchend auf dem Boden, aber Cem tritt weiter auf ihn ein und schreit herum. Wenn er so weitermacht, tritt er ihn tot. Ich springe einen Meter nach hinten und drehe mich. Ich kann das nicht sehen, ich muss hier weg. Wo ist Julius?

Ein Arab rennt von hinten auf Cem zu und tritt ihm ins Kreuz. Der fällt halb auf mich drauf, sieht mich mit diesem irren Blick an, holt seinen Schlagring aus der Hosentasche und rennt zurück in das Getümmel. Wo ist Julius, Mann? Ich sehe ihn nicht. Egal, scheiß drauf. Ich hau ab.

Mit zusammengekniffenen Augen sprinte ich, so schnell ich kann. Hauptsache weg. Vorbei an den Erwachsenen, an dem Pfandsammler, an dem Hochhaus, wo wir Cem getroffen haben. Einfach weg.

Johannisthaler Chaussee stolpere ich die Treppen zur U-Bahn hinunter, meine Bahn steht gerade da. Ich überspringe die letzten beiden Stufen und zwänge mich noch in den Waggon, als die Türen sich schon schließen. Hechelnd und schwitzend stehe ich in der stickigen Bahn, alle starren mich an. Besonders die Jungs am anderen Ende des Waggons. Hoffentlich sind die nicht auf meiner Schule und kennen mich. Sieht aber eher so aus, als würden die ins Lipschitzbad wollen. Ich stütze mich mit den Händen auf den Knien ab, ringe nach Luft und wische mir den Schweiß von der Stirn. Ich schaue in die Spiegelung im Fenster. Mein komplettes Gesicht ist voller Staub und getrocknetem Blut, beide Augen sind blau.

Wie krass stinkt der fette Typ vor mir eigentlich nach Schweiß, wenn ich das trotz meiner völlig verstopften Nase rieche? Ich kriege Kopfschmerzen.

Die Bahn quietscht und rüttelt sich durch den Tunnel. Die Schwimmbadgruppe schreit herum und lacht laut. Mit den Kopfschmerzen ist das doppelt nervig, aber wenigstens hört man dadurch mein Keuchen nicht so.

Der nächste Halt ist schon Lipschitzallee, ich fahr aber lieber noch eine weiter und laufe zurück, nicht, dass ich irgendwem aus dem Park über den Weg laufe.

Ich starre in den dunklen Tunnel, sehe im Vorbeifahren die S44-Tags an den Wänden, atme noch einmal laut durch und lehne meinen Kopf an das Fenster. Ich schließe die Augen. »Düm Düm – Lipschitzallee«, tönen die Lautsprecher, ich blinzle. Der Zug wird langsamer, das Ruckeln sanfter, die Bremsen quietschen. Der Zug hält an, mit einem Zischen öffnen sich die Türen. Viele steigen aus, fast keiner neu ein, der stinkende Typ bleibt drin.

Plötzlich wird es laut im Bahnhof. Eine Gruppe rennt die Treppen herunter. Einige der Stimmen kommen mir bekannt vor, aber ich weiß nicht, woher.

»Yallah, kommt ma schneller! Bahn is da …«, ruft einer. Fuck. Sind das die Leute von eben? Der U-Bahnhof Lipschitzallee ist ja direkt bei dem vorderen Eingang des Parks. Die Stimmen werden lauter. Scheiße, ich sitze auch genau in dem Waggon, der direkt auf Höhe der Treppen ist. Ich schaue vorsichtig aus dem Fenster. Niemand zu sehen. Warum fährt diese scheiß Bahn nicht endlich weiter? Wir stehen hier doch schon ewig. Ich setze mich in einen freien Vierer und trommle auf meinen Oberschenkeln herum.

»Fahr doch ma jetze«, flüstere ich. Nichts passiert. »Maaann, faaahr doch, Alter.« Ich schlage mit den Fäusten auf meine Beine. Fuck, los jetzt!

»Yallah, Yallah, Yallah!«, schreien sie draußen. Schnelle Schritte hetzen die Treppe herunter. Wir stehen immer noch. Einer ist unten angekommen, ich traue mich nicht zu gucken. Ich glaube, er steht in der offenen Tür direkt hinter mir und hält den Zug auf. Ich beuge mich, so weit es geht, nach vorne. Das Blut läuft mir in den Kopf, meine Schläfen puckern.

»Wallah, helft ihn ma, er kann nich schneller grad!«, ruft der Typ in der Tür. Scheiße, das sind die wirklich. Die töten mich …

»Mann, ich wollte das alles nicht. Tut mir leid, ich hab versucht, Cem zu beruhigen. Wirklich, ich wollte das nicht«, sage ich, wenn die mich finden. Irgendwie so etwas, ich konnte ja wirklich nichts dafür, und die müssen doch auch genug von Schlägereien haben für heute.

»MANN, TRAGT IHN DOCH SCHNELLER!«, schreit einer. Jetzt sind alle unten, glaube ich.

»Zurückbleiben bitte!«, sagt die Stimme aus den Boxen. Ich halte die Luft an. Es tutet, die Hydraulik der Türen zischt. Endlich.

»Wallah, wie …«, höre ich den einen noch rufen, als er in letzter Sekunde aus der Bahn springt und die Türen sich schließen.

Ich gucke raus, genau jetzt kommen die anderen an. Es sind die Arabs von eben, Djamel wird von zwei Leuten getragen, sein ganzer Kopf ist voller Blut, und er hat die Augen zu. Was hat Cem mit ihm gemacht?

Der, der mich vorhin gefilmt hat, drückt hektisch auf den Türöffner, aber nichts passiert, die Türen bleiben geschlossen. Die Typen klatschen mit den Händen gegen den abfahrenden Zug, bespucken ihn und schreien rum. Das erste Mal heute habe ich Glück.

Das Schloss in unserer Wohnungstür klemmt schon wieder. Ich ziehe den Türknauf fest zu mir heran und versuche mit der anderen Hand, den Schlüssel weiterzudrehen. Immer noch nicht, ich lasse los und trete unten gegen. Diese scheiß Tür!

Erst beim dritten Versuch klappt es endlich, und ich kann sie öffnen. Einen Moment lang stehe ich im dunklen Flur unserer Wohnung. Ich atme durch, schmeiße meinen Rucksack auf den Boden, laufe ins Wohnzimmer und lasse mich auf die Couch fallen. Was für ein beschissener Tag. Ich kriege keine Luft durch die Nase, mein Mund ist staubtrocken, mein ganzes Gesicht glüht – ich brauche kaltes Wasser. Ich gehe ins Bad, drehe den Hahn auf und warte, bis das Wasser kalt genug ist. Ich halte meinen Kopf unter den Strahl und wasche mir das getrocknete Blut und den Dreck aus dem Gesicht. Vorsichtig schnaube ich mir die Nase und sehe in den Spiegel. So gewaschen sieht das gar nicht mehr so schlimm aus. Die Nase ist angeschwollen, die zwei kleinen blauen Flecken unter den Augen könnten fast als Augenringe durchgehen. Vielleicht merkt mein Vater nichts. Die nächsten Tage verziehe ich mich nach der Schule einfach immer direkt in mein Zimmer, dann sieht er mich nicht. Groß rausgehen kann ich eh nicht – entweder Cem oder die Araber, irgendwer tötet mich nach der Action heute. Vielleicht sollte ich doch mal Marco anrufen und fragen, was ich machen soll. Er kennt ja Ali und Serkan, er kann denen bestimmt erklären, dass das alles nicht meine Schuld war. Aber nicht, dass Marco dann wieder denkt, dass ich ohne ihn hier nicht klarkomme. Er hat es ja auch irgendwie geschafft.

Es klingelt. Ich zucke vor Schreck zusammen. Wer ist das denn jetzt? Ich laufe zur Tür und drücke den Türöffner. Der Fahrstuhl ist schon wieder kaputt, man braucht ewig bis hoch in den achten Stock, ich setze mich zurück ins Wohnzimmer und schließe die Augen.

Es klopft. »Lukas, mach mal auf«, sagt eine leise Stimme vor der Tür. Klingt wie Gino. Ich laufe in den Flur.

»Gino?«, frage ich.

»Mach ma auf jetz, Mann!«, sagt er. Ich lasse ihn rein, gehe mit ihm ins Wohnzimmer und hole zwei Kippen aus der Schublade, in der mein Vater immer welche lagert.

»Lass auf'n Balkon setzen«, sage ich und werfe Gino die Kippe an die Brust. Sie prallt ab und fällt vor ihm auf den Boden. Er hebt sie auf, folgt mir raus und stellt sich an die Brüstung.

Ich zünde meine Zigarette an, ziehe und behalte den Rauch kurz im Mund, bevor ich ihn einatme. Dieser kurze Druck im Hals ist das Beste am Rauchen. Wir schweigen. Ich lasse den Blick durch die Blocks schweifen, die weißen Häuser mit den bunten Balkonen gegenüber vom Lipschitzbad sind jeden Tag dreckiger. Als ich da früher in den Hort und die Grundschule gegangen bin, waren die noch strahlend weiß. Habe ich zumindest so in Erinnerung.

»Julius' Handy ist aus«, sagt Gino dann. »Glaubst du, die haben ihn gefickt?« Er hat die ganze Zigarette geraucht, ohne einmal abzuaschen. Er lässt den Stummel vom Balkon fallen und schaut ihm nach.

»Keine Ahnung, Mann«, sage ich. »Er ist auch so dumm einfach. Was bleibt er denn da, ja!«

Gino antwortet nicht.

»Diese scheiß Hurensöhne, Mann. Ich hab nichts gemacht. Warum schlagen die mich einfach? Scheiß Opfer, Alter. Weißt du, wie meine Nase weh tut? Ich krieg kaum Luft, Alter … Ich wette, wenn Julius und ich nicht deutsch wären, hätten die nichts gemacht.«

Gino reagiert immer noch nicht, er wippt nervös vor und zurück. Ich ziehe noch mal tief an der Zigarette und versuche mich abzuregen. »Ja, und was machen wir jetzt? Noch mal bei ihm versuchen, vielleicht ist sein Handy ja wieder an …«

Ich drücke Sternchen, 100, Raute und checke mein Guthaben. 1,87 Euro, das reicht, um Julius anzurufen. Ich drücke auf den grünen Hörer und mache den Lautsprecher an.

»Der gewünschte Teilnehmer ist vorübergehend nicht erreichbar«, sagt mein Handy. Gino schüttelt den Kopf, ich lege auf.

»Mann, aber ey, das muss ja nix heißen … Meinte er nicht vorhin am Fließ noch, sein Akku ist leer?«, sage ich.

»Ja, keine Ahnung, Mann. Lass ma noch mal von deiner Kippe ziehen, bitte …«, sagt er.

Ich will sie ihm gerade geben, als Gino sich auf einmal hektisch ans rechte Bein greift. Ich höre die klapprige Vibration seines Handys. »Ist bestimmt Julius«, sage ich.

Gino fummelt aufgeregt sein Handy aus der Hosentasche. Sein Blick friert ein. »Mein Vater …«, sagt er stimmlos. Er springt auf, geht ins Wohnzimmer und schließt die Balkontür. Eine Minute später kommt er wieder.

»Was los?«, frage ich. Gino sieht auf einmal völlig fertig aus.

»Nix ja. Ich muss gehen«, sagt er. »Hau rein, Lukas. Wir reden morgen oder so.« Er dreht sich um, atmet aus und geht. Ich höre die Tür ins Schloss fallen. Gino hat einfach so ein Pech mit seiner scheiß Familie. Bestimmt sehe ich ihn jetzt erst mal eine Weile nicht. Ist immer so. Ich lehne mich wieder über die Brüstung des Balkons und schaue runter und warte, bis er unten aus dem Haus läuft.

»Dings, Gino, wenn irgendwas ist oder so, meld dich einfach! Ich hab Handy laut …«, rufe ich ihm zu. Er nickt zu mir hoch und läuft weiter. Ich stelle mein Handy auf die lauteste Stufe, damit ich es auf jeden Fall höre, auch falls Julius sich meldet.

Ich huste und gehe in mein Zimmer. Ich werfe mich aufs Bett und schließe die Augen. Kein Bock mehr.

KAPITEL 2

»Kann mir bitte jemand Kreide holen? Du vielleicht? Nur einer. Es reicht, wenn einer geht ... Nicht alle bitte ... Okay, ja dann geht ihr zu viert die Kreide holen. Gut, und wo ist das Klassenbuch?«, sagt der Lehrer, während er unruhig vor dem Lehrertisch hin und her läuft.

»Wieso riecht es hier auf einmal so verbrannt? Ähm, bitte Ruhe ... RUHE! So, mir reicht's. Ruhe jetzt und alle wieder hinsetzen! Auch du! Ähm, Mann ey, oooh, Ruheee!« Er haut mit der flachen Hand auf den Tisch, an der Lautstärke ändert das nichts.

»Okay, ihr, ihr wollt es ja nicht anders, ich erteile euch jetzt allen einen Tadel. Wirklich. Ich schreib mir das direkt auf, und sobald das Klassenbuch wieder aufgetaucht ist, werde ich das eintragen und eurem Lehrer weitergeben. Ich wollte nicht solche Saiten aufziehen, aber gut ... Ich bin heute ja eigentlich nur als Vertretung für Frau ... Bitte hinsetzen, habe ich gesagt! Ich bin heute ja eigen ... Okay, jetzt reicht's. Ruhe! Ich rufe sonst jetzt den Rektor, und dann ... Schlagt in euerm Buch doch mal bitte die Seite ... Ach, vergesst es ... Also, wir warten jetzt, bis die anderen mit der Kreide zurückkommen, und dann fangen wir mit dem Deutschunterricht an. Und wenn ihr ab jetzt alle ruhig seid, überleg ich mir das mit den Tadeln vielleicht noch mal … Was machst du da am Fenster? Leute, hallo, mach bitte sofort die Musik aus. Ich glaub, ich spinne. Also. Okay, das war's, mir reicht's. Mir reicht's – ihr bekommt alle den Tadel … Alle! Also jetzt wirklich …«

Ich schüttle den Kopf, seit zehn Minuten sucht der Typ jetzt nach der Kreide und dem Klassenbuch. Warum scheißt er nicht einfach drauf? Je mehr er sucht und um Hilfe bittet, desto weniger wird ihm hier irgendjemand helfen. Am Anfang war es ja noch ganz lustig, aber mittlerweile tut er mir irgendwie leid. Zum Glück hört er nicht, wie die anderen in der letzten Reihe ihn die ganze Zeit beleidigen und verarschen. Wahrscheinlich hat er gerade erst fertig studiert und ist neu nach Berlin gezogen. Den Job hat er sich bestimmt anders vorgestellt. Herr Sonnabend … Sein Name ist auch die absolute Steilvorlage, um ihn zu nerven.

»Herr Mittwoch«, ruft Hamudhi und lacht.

»Ich heiße Sonnabend«, antwortet der Vertretungslehrer und verdreht die Augen.

»Okay, dann Herr Sonntag, ich schwöre, ich muss kacken …«

»Mann, er heißt Dings, Dienstag!«, sagt irgendjemand anderes. Ich lache, auch wenn ich eigentlich nicht will. Mein Gesicht ist noch total geschwollen, Lachen tut megaweh.

»Wieso krieg ich eigentlich Tadel? Ich hab nix gemacht … Ungerecht ja«, ruft Emre nach vorne.

»Ja, wa!? Ich hab auch gar nix gemacht, aber er gibt Tadel. Schlimmste Lehrer einfach«, steigt Didem ein. Ich glaube, Herr Sonnabend kann gar nicht einfach so allen einen Tadel geben, er ist ja nur Vertretungslehrer.

»Ja, okay. Vielleicht haben jetzt nicht alle einen Tadel verdient«, sagt er. »Aber dann sagt mir bitte, wer hier den Edding nach vorne geworfen hat und wo das Klassenbuch ist, dann überleg ich mir das vielleicht noch einmal …«

»Darf ich nach den andern gucken gehen, wegen Kreide?«, fragt Emre.

»Nein.«

»Warum nicht? Wallah, ich wollt nur helfen, ja … Hassan und so dürfen gehn, ich muss hier bleiben … Was das?«

»Die kommen bestimmt gleich wieder, und …« Ein lauter Knall unterbricht ihn. Engin ist beim Kippeln hingefallen. Alle grölen und lachen; viel zu laut, so früh am Morgen.

Plötzlich geht die Tür auf, und der Lehrer der Nachbarklasse kommt herein: Herr Steinert. »Leute, was ist los hier? Was ist das für ein Lärm?«, fragt er und sieht erst die Klasse und dann den Vertretungslehrer an.

»Shu, Herr Steinert, wie geht's? Hier, Herr Dings, äh Donnerstag, gibt uns allen Tadel, obwohl wir gar nix gemacht haben, ja«, ruft Momo. Er sitzt direkt neben mir. »Pass ma auf, wie er Ärger kriegt jetz«, flüstert er mir zu und grinst.

Wieso hat sich eigentlich weder Gino noch Julius wieder bei mir gemeldet? Ich hole mein Handy aus der Hosentasche – immer noch nichts. Hoffentlich ist nichts Schlimmes passiert, nicht dass Ginos Vater wieder ausgerastet ist …

»Was meinst du mit ›alle haben einen Tadel bekommen‹, Mohammed?«, fragt Herr Steinert.

»Na ja, Dings, er hat allen gegeben. Danach, wir ham gesagt, wir ham nix gemacht, aber er meinte, er gibt trotzdem«, sagt Momo.

Wieder geht die Tür auf. Hassan, Onur, Bobby und Deniz kommen ohne Kreide zurück. Wieder grölen alle, die vier lachen stolz. Dass sie gerade draußen geraucht haben, rieche ich bis hier hinten.

»Ääh, wo kommt ihr denn her?«, fragt Herr Steinert.

»Wir waren Kreide holen«, sagt Hassan.

»Zu viert?«

»Ja, Herr Dings meinte, wir sollen zu viert gehen ...«

»Und wo ist die Kreide?«

»Die hatten keine bei Sekretariat, konnten keine holen, ja.« Hassan und die anderen setzen sich wieder hin. Herr Steinert geht wortlos zum Schrank und holt eine kleine Box voller Kreide heraus. Er stellt sie auf den Lehrertisch und winkt Herrn Sonnabend zu sich. Sie verlassen die Klasse.

Deniz macht das Radio hinten auf der Kommode an und dreht auf volle Lautstärke. Engin steht auf, klaut alle Päckchen Kreide aus dem Schrank und das vom Lehrertisch und schmeißt sie aus dem Fenster.

»Hurensohn, wer nicht die ganze Zeit hustet, wenn Lehrer zurückkommt!«, schreit Samir. Alle lachen.

Momo tippt mich an. »Kennste schon?«, fragt er und hält mir sein Handy hin. »Musst play drücken!« Ich drücke play. Zwei Typen schlagen auf einen ein, bis er hinfällt, im Hintergrund lacht sich der, der filmt, kaputt.

»Sind meine Cousins. Wie sie ihm Bombe gegeben haben ... Ich schwöre dir, mies, ja.« Er fängt laut an zu lachen. Momo hat die witzigste Lache, die ich kenne. Er ist groß und breit, aber quietscht beim Lachen immer wie ein kleines Mädchen. Macht er schon, seit wir uns kennen. Also fast vier Jahre. In der siebten Klasse ist er als Sitzenbleiber zu uns gekommen, in der neunten sind wir noch mal zusammen sitzengeblieben. Er ist der Einzige hier auf der Schule, mit dem ich einigermaßen befreundet bin. Aber auch nur hier. Haben wir eigentlich jemals was außerhalb der Schule zusammen gemacht? Ich glaube nicht.

Der Vertretungslehrer kommt wieder rein. Alle fangen laut zu husten an. Er versucht kurz, dagegen anzureden, lässt es aber schnell wieder sein. Er schaut sich um, läuft zum Lehrertisch und sucht die Kreide. Er schüttelt den Kopf und läuft zum Schrank. Da findet er auch keine. Er stürmt aus der Klasse.

Wieder gucke ich auf mein Handy, immer noch keine Nachricht von den anderen. Was ist denn los mit denen? Hat Julius gestern doch noch richtig auf die Fresse bekommen? Und warum schreibt nicht wenigstens Gino?

»Ich geh kurz kacken, Lukas. Hier nimm mal«, flüstert Momo und legt ein Portemonnaie vor mir auf den Tisch. »Ist von Sertac, er weiß nich, dass ich hab.« Er zwinkert mir zu und geht. Ich krame ein bisschen in Sertacs Zeug herum – ein Zehn-Euro-Schein, Schülerausweis, irgendwelche Telefonkarten aus der Türkei. Hat er Kleingeld dabei? Plötzlich geht die Tür wieder auf, und Herr Sonnabend kommt mit dem Rektor, Herrn Schiezeth, herein. Neben den beiden steht ein Schüler, den ich noch nie gesehen habe. Wer ist das?

»JÜRGEN!«, ruft irgendwer nach vorne und lacht. Seit wann wissen eigentlich alle, dass Herr Schiezeth Jürgen mit Vornamen heißt?

»So, ganz kurz mal Aufmerksamkeit bitte«, sagt Herr Schiezeth.

»Jürgen will Ruhe bitte!«, ruft Samir.

»RUHE!«, schreit Herr Schiezeth. Es dauert, bis es wirklich leise ist. Er wartet geduldig ab und nickt beschwichtigend. Als er gerade wieder zum Sprechen ansetzen will, kommt Momo zurück.

»Sorry, ich war kurz kacken«, sagt der und läuft langsam zu seinem Platz. Der neue Schüler tippt auf seinem Handy herum, während Herr Schiezeth wieder versucht, die Klasse zu beruhigen.

»Also«, sagt er, »ich freue mich, euch euren neuen Mitschüler Sanchez vorzustellen. Er ist nicht von hier, sondern kommt aus Marzahn-Hellersdorf. Seid nett zu ihm, helft ihm, erklärt ihm alles, damit er sich hier schnell einlebt.«

»Ich dachte, Marzahn wohnen nur Nazis, ja. Jetz, erste Marzahner den ich sehe, is schwarz einfach. Was das?!«, sagt irgendwer.

»Shu, David, endlich nich mehr einziger N**** hier, ja«, ruft Osman.

»Ähm, hey, äh, Entschuldigung, aber solche Worte wollen wir hier nicht hören«, sagt der Vertretungslehrer leise.

»Halt ma deine Fresse, Kanake!«, ruft David zurück.

»Äh, und, und das bitte auch nicht, okay?!«

»Können wir vielleicht noch mal kurz Ruhe haben, damit Sanchez sich euch vorstellen kann? Danke!«, geht Herr Schiezeht dazwischen. Dieser Sanchez blickt kurz von seinem Handy auf, alle starren ihn an.

»Oye, ick bin keen N****, ick bin 'n caribbean boy«, sagt er und fängt an zu lächeln. Er fasst sich mit dem Daumen an die Nase, steckt sein Handy ein und setzt sich auf den freien Platz vor mir. Keiner sagt etwas, ich weiß nicht, wann es in meiner Klasse das letzte Mal so ruhig war.

»MORUK, WELCHER HUND HAT MEINE PATTE GEKLAUT, JA!?«, brüllt Sertac plötzlich. Momo lacht, steht auf und wirft Sertac sein Portemonnaie an den Kopf.

»Lak, welcher Opfer ...«, ruft Sertac und schaut sich wütend um. Momo starrt ihn an und nickt, Sertac winkt genervt ab. »Voll lustig, Momo«, flüstert er.

»Dicker, wie siehst du aus eigentlich?«, fragt Momo mich dann. Hat mich eh gewundert, dass mich bisher noch niemand darauf angesprochen hat.

»Gestern bisschen Ärger gehabt«, antworte ich.

»Schlägerei oder was?« Ich nicke kurz.

»Ja, passiert, wa«, sagt er und winkt ab.

Es klingelt zum Stundenende. Alle rennen aus der Klasse, aber ich bleibe da. Kein Bock, mit zwei blauen Augen über den Schulhof zu rennen und mir irgendwas anzuhören. Außerdem, nicht dass Cem oder die Araber draußen auf mich warten. Gegen die kann Momo alleine mir auch nicht helfen.

»Klassenbuch liegt hinter den Vorhang übrigens«, sagt Didem dem Vertrauenslehrer im Gehen und läuft mit Özen aus der Klasse.

»Ah, äh, danke!«, sagt der, holt es und geht.

»Hast du eigentlich Jessy gesehen heute?«, sagt Momo, als wir nach der fünften Stunde Richtung Ausgang laufen. »Miese Titten, ja. Ich schwör's dir, ich würd sie so hart ficken einfach ... Weißt doch, Bam! Bam!« Er lacht.

»Ja, die ist schon geil«, antworte ich. Momo guckt auf die Uhr. »Wallah, voll vergessen, ja. Ich muss zum Anwalt jetz. Dings, wir sehen uns morgen, Lukas.« Er gibt mir die Hand und joggt los. »Hau rein«, rufe ich ihm hinterher.

Ich hole mein Handy aus der Tasche und gucke, wie spät es ist. 12:41 Uhr, den Bus um 50 müsste ich noch schaffen. Ich stecke es wieder ein, krame den MP3-Player aus der anderen Tasche und entheddere die Kopfhörer. Plötzlich haut mir jemand von hinten auf die Schulter. Ich drehe mich um, Cem steht vor mir. Fuck, das war's.

»Shu, Dicker«, sagt er und mustert mich mit seinen hellblauen Augen. Ich sage nichts. »Cüs, wie du aussiehst, ja. Was passiert?« Was meint der? Wie, was ist passiert? Verarscht er mich?

»Aaah, is dit von den Opfern gestern, diesen scheiß Arabern? Ick schwöre, wenn ick dich jetz nich gesehn hätte, Moruk, ick hätt schon wieder voll vergessen, ja ... Wallah.« Er lacht und hält mir seine Schachtel Kippen hin. Vergessen? Ist das sein Ernst gerade? Eine Schlägerei mit zehn Leuten einfach vergessen? Zögerlich nehme ich eine Kippe aus der Packung und stecke sie mir zitternd in den Mund. Er zündet mir mit dem Feuerzeug in seiner Hand die Zigarette an.

»Danke«, sage ich leise.

»Seid ihr gut weggekommen gestern?«, fragt Cem.

Spielt er darauf an, dass ich einfach weggerannt bin, und will, dass ich mich entschuldige? Er sieht so gut gelaunt aus, nicht gerade, als ob er mir auf die Fresse hauen will.

»Wichsbullen immer, ja. Wallah, wenn die nicht gekommen wären, die Jungs wärn tot jetzt, ja. Ick war richtig sauer ... Und meine Brüder erst. Übertrieben einfach ... Egal, Hauptsache, ihr seid auch noch gut nach Hause gekommen, ja. Die Polizei hat gar kein erwischt, glaub ick ...« Ich nicke, hoffentlich reicht das.

»Egal ... Dings, kennst du eine Denise hier auf der Schule? Ick such sie die ganze Zeit und warte.« Ich kenne keine Denise. Ist er jetzt echt nur wegen irgendeinem Mädchen hier?

»Denise? Nein, sorry, kenn ich nicht. Welche Klasse ist sie denn?«

»Er fragt, welche Klasse ... Dicker, keine Ahnung, ja. Ick weiß nicht mal, ob sie hier auf der Schule ist. Gestern, ich hab Walter-Gropius-Schule gewartet, morgen Otto-Hahn, wenn ick sie hier auch nicht finde. Hab sie Schwimmbad kenngelernt letztens, ja, bisschen gequatscht, dies das, danach sie schreibt Nummer auf, und ick Idiot verlier den Zettel, ja. Übertrieben nervig. Sie ist so Dings, Traumfrau einfach, weißt doch. Ick will sie unbedingt wiedersehen. Wallah.« Er zwinkert mir zu. Ich grinse zurück, ziehe noch mal an der Zigarette und checke die Uhrzeit – 49. Den Bus krieg ich nicht mehr, aber egal.

»Na jut, ick wart ma noch paar Minuten, ja. Vielleicht, sie kommt noch«, sagt Cem und lacht. »Inshalla, sie kommt noch ...«

»Ja, ich geh mal los. Aber viel Glück mit Denise auf jeden Fall«, antworte ich.

Cem nickt. »Und Dings, ick hab neuet Otti, wenn ihr wieder braucht, ja. Weißt ja, wo du mich findest«, sagt er und gibt mir die Hand. »Ach ja, und grüß ma dein Bruder von mir!« Ich nicke, drehe mich um und laufe los. Krass, ganz vergessen, wie nett Cem eigentlich ist, nach dem, was er gestern mit diesem Djamel gemacht hat. Vor ihm brauch ich auf jeden Fall erst mal keine Angst zu haben. Und wenn gestern direkt die Polizei kam, als wir abgehauen sind, kann Julius eigentlich nichts Schlimmes passiert sein. Wahrscheinlich war wirklich sein Akku einfach nur leer. Erleichtert atme ich durch und laufe zum Bus. Ich stöpsel mir die Kopfhörer in die Ohren und drücke auf meinem Player herum.

Ein Auto vor mir hupt, ich zucke zusammen vor Schreck. Ein roter Golf 3. Ist das mein Vater? Hä, was macht der denn hier, muss er nicht heute noch mal irgendwo arbeiten? Ich laufe auf das Auto zu.

»Papa?!« Er kurbelt das Beifahrerfenster herunter.

»Hey Großer, bist du fertig mit Schule für heute?«, fragt er.

»Jo, ich wollte grad zum Bus lau…«

»Wie siehst du eigentlich aus, Mensch?«, unterbricht er mich.

»Wie, wie sehe ich aus?«, frage ich.

Er schüttelt den Kopf. »Los, steig ein!«

Wortlos setze ich mich auf den Beifahrersitz und gucke stur nach vorne.

»Mann, Mann, Mann«, murmelt mein Vater und

fährt los. »Immer dieselbe Scheiße hier. Erst mit Marco, und jetzt geht die ganze Scheiße mit dir weiter, ey. Zum Kotzen, Lukas. Echt. Karin kommt heute Abend zu Besuch, und mein Sohn sieht mal wieder aus wie der letzte Ghettoidiot. Was soll das immer? Wieso lässt du dich immer wieder auf diese Scheiße ein, hier mit den ganzen Idioten? Mann, ey ...«

Ich antworte nicht. Als ob ich irgendeine Wahl hatte gestern. Egal was ich gesagt oder gemacht hätte, der Typ hätte mich geboxt. Ich bin froh, dass ich nur zwei blaue Augen habe.

»Der Klügere gibt nach. Hab ich dir tausendmal gesagt, oder was hat dir deine Klopperei da gebracht?! Sag es mir!« Ich antworte nicht.

Ich suche »Ansage Nummer 2« auf meinem MP3-Player und mache, so laut es geht, damit mein Vater es auch ja hört. Er hasst deutschen Rap.

»EY, GIB MA DIE BONG, DU ARSCHGEFICKTER HURENSOHN!!!«, scheppert mir das Intro in die Ohren. Ich weiß genau, dass er jedes Wort versteht. Soll er sich doch ärgern, mir egal. Er schüttelt den Kopf und sagt irgendwas, ich höre es nicht und bewege demonstrativ die Lippen zu dem Liedtext mit.

Mein Vater hält wortlos vor unserem Block an und lässt mich aussteigen, vielleicht will er noch einkaufen gehen oder so. Ich steige aus. Ein paar türkische oder arabische Kinder rennen die Treppen zu unserem Eingang schreiend und lachend hoch und runter. Ein paar Ältere stehen daneben, essen Sonnenblumenkerne und spucken die Schalen auf den Boden. Ich laufe wortlos an ihnen vorbei und schließe auf. Ich gehe zum Fahrstuhl und drücke so lang auf den Pfeil nach oben, bis er endlich anfängt zu leuchten. Das »Jesica ist eine Votze und ich wil si fikken« an der Wand im Hausflur ist neu, das stand gestern noch nicht. Wonach riecht es hier überhaupt? Irgendwie beißend zitronig oder so ... Bestimmt so ein billiges Reinigungsmittel. Ich kriege Kopfschmerzen von dem Geruch. Dann doch lieber verbranntes Essen und Pisse wie sonst, an den Geruch bin ich wenigstens gewöhnt. Im Aufzugsschacht poltert es, endlich ist der scheiß Fahrstuhl unterwegs. Mit einem lauten Rumpeln hält er an, und die Tür öffnet sich. Mein fetter Nachbar steigt mit seinem Hund und brennendem Zigarillo im Mund aus. Er sieht mich an und grüßt nicht. Der ganze Fahrstuhl ist zugequalmt von seinem Zigarillo. Ich halte die Luft an und drücke auf die 8.

Lukas, da is Besuch für dich. Irgendwer aus deiner Klasse«, sagt mein Vater durch die geschlossene Zimmertür. Was denn für Besuch? Ich gucke auf mein Handy, ob Gino oder Julius irgendwie geschrieben haben, dass sie vorbeikommen. Nichts.

Ich ziehe mir ein Shirt an, laufe durch den Flur und öffne die Wohnungstür. Draußen steht der neue Mitschüler von vorhin und grinst.

»Yao, ick hab dich vorhin hier reingehen sehen. Dicker, wir sind Nachbarn«, sagt er.

»Wohnst du auch hier jetz?«

»Ja, direkt nebenan, zwei Türen weiter. Ey, ähm.« Er lehnt sich ein Stück in die Tür und guckt nach rechts und links. »Dicker, hast du vielleicht Papers? Mein ganzet Zimmer is noch voller Kisten, keene Ahnung, wo ick meine hab …«, flüstert er.

»Papa, er kommt kurz mit zu mir!«, rufe ich in Richtung Küche, winke den neuen Mitschüler herein und laufe vor in mein Zimmer. Er sieht sich um und stellt sich an das offene Fenster, ich krame nach den Papers.

»Sieht aus wie Hellersdorf, nur janz anders irgendwie«, sagt er unvermittelt.

»Was meinst du?«

»Na keene Ahnung, da wo ick herkomm, is auch allet Platte und so, aber irgendwie sieht's anders aus. So wat gibt's bei mir zum Beispiel nicht«, er zeigt auf das Hochhaus mit der Spitze schräg gegenüber.

»Was meinst du, das Selbstmordhaus?«

»Wat für 'n Haus?«

»Selbstmordhaus. Da springen alle runter, die sich umbringen«, sage ich. »Kein Spaß!«

»Echt ja?! Ick meinte wegen der Form, mit dieser komischen Spitze. Bei uns is allet grade, weißte?«

»Wo kommst du denn her?«

»KDN, Alter!«

»Was das?«

»Kaulsdorf-Nord. In Hellersdorf. Schon mal gehört?« Ich schüttele den Kopf. »Ja, is auch scheißegal eigentlich, jetz wohn ick ja hier. Hast du Papers jetzt eigentlich?« Er spuckt aus dem Fenster.

»Ja, wie viele brauchst du?«, frage ich.

»Eins reicht, ick hab nich mehr so viel. Willste mitrauchen? Können zu mir gehen, meine Mutter ist bis nachts noch in Helle, den restlichen Scheiß holen.«

»Ja, Mann. Hab eh kein Bock, hier bei meim Vater rumzuhängen, wenn seine Freundin gleich kommt ...«

»Is allet noch 'n bisschen provisorisch, wa! Wir sind jestern Abend erst angekommen. Meine Mom hatte keen Bock mehr auf mein Vater und wollte nur schnell weg«, sagt er und zeigt auf die ganzen Kisten in seiner Wohnung.

»Wieso?«, frage ich.

»Keene Ahnung, keen Bock mehr auf den N**** wahrscheinlich.« Er lacht. »Nee, Spaß, ham sich einfach getrennt. Mein kleener Bruder ist in H-Town bei meim Vater geblieben, ick bin mit Mama hierhergezogen. Ick muss Mutti ja unterstützen, kennste ja.«

»Meine Mutter ist schon ewig tot, hab sie nie kennengelernt«, sage ich. Sein Gesichtsausdruck friert ein.

»Au weia, wieso 'n ditte?« Ich winke ab, ich hasse es, darüber zu reden. Keine Ahnung, warum ich das überhaupt gesagt habe. Wir schweigen. Plötzlich klingelt mein Handy: Julius.

»Warte, ich muss ma kurz rangehen ...«, sage ich, er nickt.

»Hallo?«

»Shu was los, du Abkacker?«

»Julius ... Alles klar?!«

»Sowieso ... Dings, was los mit euch, was seid ihr abgehauen, ja?«

»Was sollten wir machen? Die haben sich da doch alle gegenseitig gefickt ... Hab gehört, dass Polizei noch gekommen ist?«

»Ja, Mann, schlimmste. Du siehst, wir schlagen uns

mit denen, bam bam, weißt doch, mies einfach. Dann auf einmal: Bullen, ja. Wir sind um unser Leben gerannt, ich schwöre. Ihr Pussys habt was verpasst, ja.« Warum lügt er? Als ob er mitgekämpft hätte.

»Hast du was von Gino gehört?«, frage ich dann.

»Wegen ihm ruf ich an, ja. Ich erreich ihn nicht seit gestern. Dachte, er wär mit dir vielleicht.«

»Nee. Ich hab ihn gestern noch kurz gesehen, dann hat sein scheiß Vater angerufen, und er ist sofort gegangen.«

»Dieser Hundesohnvater, ja. Ich probier noch mal, ihn zu erreichen und Dings, meld mich dann.«

»Alles klar. Hau rein!«

»Hau rein, Lukas!« Ich lege auf und werfe das Handy neben meinen neuen Mitschüler auf das Bett. Er sitzt da und bröselt Gras aus dem Tütchen auf ein zusammengefaltetes Blatt Papier, zerreißt eine Kippe und streut den Tabak dazu. Er vermischt und zerkleinert Gras und Tabak, dann sieht er mich an.

»Hast du 'ne alte Fahrkarte oder irgendwat für Tip?«

»Kannst die Pappe aus den OCB haben, wenn du willst.« Ich halte ihm die Packung hin.

Er nickt und fummelt die kleine Pappe unter dem letzten Paper heraus.

»Ick zeig dir jetz mal, wie man in Hellersdorf 'n Johnny baut«, sagt er und lacht. Keine dreißig Sekunden später ist die Tüte fertig.

»Wer baut, der haut, wa?«, nuschelt er mit dem Joint im Mundwinkel und zündet ihn an. Er zieht zwei Mal, atmet tief ein, pustet den Rauch langsam wieder aus und gibt mir die Tüte. Er steht auf und macht das

Fenster auf, ich ziehe und behalte den Rauch so lange, wie ich kann, in der Lunge. Mein Körper fängt schon nach dem ersten Zug an zu kribbeln. So schnell geht das sonst nicht.

»Alter, was 'n das für Gras?«, frage ich.

»Is geil, wa? Ick hab noch zehn Dinger davon in Helle versteckt, ick verkauf den Scheiß manchmal.«

»Is geil«, sage ich und lehne mich zurück.

»Wat is eigentlich mit deinem Gesicht passiert?«, fragt er dann. »Du hast auf jeden Fall die übelste Sonnenbrille auf ...« Ich fange an zu lachen.

»Wat lachst du denn?«, sagt er und grinst.

»Die übelste Sonnenbrille auf ... Nie gehört den Spruch, Alter. Hier sagt man: Was siehst du so zerfickt aus, oder so.« Er verdreht die Augen.

»Da find ick unsern Spruch aber fresher. Wat is denn nu passiert?«

»Ach, keine Ahnung, Mann. Wir hatten gestern Ärger mit irgendwelchen Kanaken. Ich hab nix gemacht eigentlich. Keine Ahnung ,was die wollten.«

»Viele Kanaken hier, wa?« Ich nicke. »Die jibs bei uns nicht – in Marzahn und Hellersdorf jibs nur Deutsche, Russen und Fitschis. Die Russen sind die Schlimmsten. Abgesehen von den Nazis.« Er hält mir den Joint hin.

»Und was bist du?«

»Icke? Loco, ick bin Kubaner.« Er zieht eine goldene Kette mit einer kubanischen Flagge als Anhänger dran unter seinem T-Shirt hervor.

»Du?«

»Ich bin Deutscher. Draußen sag ich aber immer, ich bin Pole. Is einfacher für mich ...«

»Wieso 'n ditte?«

»Weil hier nur Ausländer wohnen und keiner Respekt vor Deutschen hat ...«

»Echt ja?!«, er trinkt einen Schluck Eistee aus dem Tetrapak neben seinem Bett. »Und, bist du?«, fragt er dann.

»Bin ich was?«

»Na, Pole?«

»Ach so, na ja, geht. Die Eltern meiner Mutter wohl so halb oder so, keine Ahnung. Ich hab mit Polen nichts zu tun eigentlich. Is nur Selbstschutz ...«

Er schüttelt den Kopf und fängt an zu lachen. »Wie heißt du überhaupt?«

»Lukas. Du?«

»Lukas ... Ick bin Sanchez.«

KAPITEL 3

»Mag einer von euch Lakritz? Ick find dit Zeug so ek-lig, Alter ...« Sanchez hält Gino und mir eine ungeöff-nete Packung Lakritzschlangen hin, als wir aus dem Aldi laufen. Ich verziehe das Gesicht und schüttele den Kopf. Gino will auch nicht. Sanchez zuckt mit den Schultern und schmeißt die Tüte im Laufen auf den Boden.

»Dicker, wieso kaufst du Lakritz, wenn du's eklig findest, ja?«, fragt Gino.

»Ick kauf dit doch nich ...«, sagt er, zwinkert ihm zu und zieht eine zweite Tüte Lakritzschlangen aus seinem Hosenbund. Er wirft sie mit voller Wucht gegen eine Hauswand. »Booom, Alter. Juten Appetito, ihr Opfer.« Wir lachen.

»Wie lang wohnst du jetz hier?«, frage ich.

»Drei Wochen, gloob ick. Wieso?«, sagt Sanchez.

»Weil du schon ›Opfer‹ sagst«, sage ich und lache.

»Richtiger Neuköllner langsam ... In drei Wochen spricht er Türkisch«, sagt Gino. Sanchez nickt. »Wollt ihr Kippen?« Er zieht zwei ungeöffnete Big-Packs Billigkippen aus seinen Hosentaschen.

»Auch geklaut, oder wie?«, fragt Gino. Sanchez grinst nur. Ich kenne niemanden, der mehr klaut, als er. Jedes Mal, wenn wir in einen Supermarkt, Kiosk, Tankstelle oder was auch immer gehen, klaut er irgendwas. Keine Ahnung, wann und wie er das macht, ich bekomme es nie mit. Meistens schmeißt er es danach direkt weg.

»Gib mal 'ne Kippe!«, sage ich.

»Mir auch, ja«, sagt Gino. »Ach ja, Julius hat grad geschrieben, ja. Heut Abend Party Grenzallee. Könnten auch bei ihm vorsaufen, meint er.«

»Wer is Julius?«, fragt Sanchez und hält uns die Zigaretten hin.

»Kumpel von uns.«

»Okay, aber hä, hört sich doch jut an, oder? Lass da auf jeden Fall hingehen. Trinken, paar Bitches umschießen. Is doch geil.«

Ich zucke mit den Schultern. »Die Partys da sind 'ne Katastrophe. Ich kann dir jetz schon sagen, wie das wird: Wir kommen um zehn oder so an, es läuft scheiß Radiomusik, alle saufen, haben gute Laune für ein, zwei Stunden. Spätestens halb eins wird Aggro angemacht, alle Jungs rappen mit und fühlen sich krass, die Mädchen gehen, und dann reiten irgendwelche Kanaken ein, schlagen alle, klauen den Suff und verpissen sich wieder. Jedes Mal ...«

»Locooo, was'n dit für 'ne Erklärung? Dann bleiben wa halt nur bis halb eins, schnappen uns paar Girls und machen irgendwo anders weiter!«, sagt Sanchez und rudert mit den Armen. »Asere, heut ist Freitag. Wir gehn auf jeden Fall da hin!«

»Is wirklich kacke da, Sanchez«, sagt Gino leise.

»Mir doch ejal. Beschissener als die Partys in Hellersdorf kann's nich werden.« Sanchez dreht sich um und läuft zurück Richtung Aldi.

»Wo gehst du hin?«, frage ich.

»Alk holen.«

»Die verkaufen uns eh nicht, Sanchez! Die sind streng hier mit Alkohol an Jugendliche verkaufen.«

Er zuckt mit den Schultern und läuft weiter. Gino und ich gucken uns kurz an und folgen ihm.

Der scheiß Aldi ist schon wieder völlig überfüllt, es ist laut und stickig. Eine Frau mit Kopftuch rammt mir ihren komplett vollgepackten Einkaufswagen in die Hacken. Sie entschuldigt sich und manövriert den Wagen an der Gruppe Flaschensammler vor der Pfandrückgabe vorbei. Sanchez schlängelt sich zielstrebig durch die engen Gänge mit den vielen Leute zu den Spirituosen durch, Gino und ich hetzen ihm nach. Er wartet auf uns und sieht sich um. Neben ihm wanken zwei Penner hin und her, der eine greift nach dem Korn, der andere hat ein Tetrapack Weißwein in der Hand. Die beiden stinken so krass, ich halte die Luft an. Sanchez winkt uns näher zu sich.

»Dicker, geh mal du vor zu der Frau da vorne und frag, ob sie noch 'ne Kasse aufmachen kann oder so«, sagt er zu mir und nickt in Richtung einer kleinen dicklichen Frau in Aldikutte.

»Hä, warum?«

»Wie warum? Mach einfach und quatsch kurz mit ihr!«, sagt Sanchez. Ich zucke mit den Schultern und laufe zu ihr.

»Ick hab jetzt Pause«, blafft sie mich an, noch bevor ich irgendetwas gesagt habe.

»Nur ganz kurz, ähm …«, sage ich. »Ääh … Dings, äh …«

»Nee, nich ›Dings äh', ick mach jetz Mittag!«, unterbricht sie mich.

»Entschuldigung, ich hatte noch eine Frage ...«, sage ich, aber sie verschwindet kopfschüttelnd im Gang mit den Reinigungsmitteln. Sanchez und Gino kommen lachend auf mich zu.

»Geh ma Kasse, er hat«, flüstert Gino. Ich fange an zu grinsen, stelle mich an und schmeiße eine Packung Kaugummi auf das Band. Der Typ mit dem Tetrapackwein vor uns diskutiert mit der Kassiererin, weil ihm ein paar Cent für seinen Tabak fehlen.

»Dicker, hier!«, sagt Sanchez und reicht ihm ein 20-Cent Stück. Der Typ nimmt es wortlos, bezahlt und torkelt aus dem Laden. Die beiden Security-Leute starren ihn an. Hoffentlich durchsuchen die uns nicht.

»Neunundfuffzig Cent, bitte«, sagt die Kassenfrau zu mir. Ich krame mein Kleingeld aus der Hosentasche und lege es vor ihr auf den Scanner.

»Kleener hamse't nich, oder wat?«, sagt sie und zählt genervt. »Brauchense den Bong?«

»Nee, den schenken wa Ihnen«, sagt Sanchez und schubst mich von hinten an. Er läuft vor und nickt den Securitys im Vorbeigehen zu, die unterhalten sich weiter, beachten ihn nicht.

Wo hat er eigentlich den Suff versteckt? Keine Ausbeulungen in den Taschen oder dem Pullover, nichts.

Einen Block weiter dreht Sanchez sich um, greift mit der rechten Hand von oben in seinen linken Ärmel und zieht eine Flasche Blutorangenwodka heraus. Er stellt ihn ab, greift mit der linken Hand in den rechten Ärmel und holt einen Apfelkorn hervor.

»Also, Party heut Abend oder wat?«, fragt er und lächelt stolz.

»Dein Ernst, Alter? Wie hast 'n das gemacht? Von den Hellersdorfern können wa noch was lernen, Gino«, sage ich. Wir packen die Flaschen in Ginos Rucksack und laufen zur U-Bahn.

»Fahr'n wa jetzt direkt zu diesem Julius?«, fragt Sanchez.

»Zu Julius könn' wir erst später, ja«, sagt Gino.

»Wat sagt 'n der Tacho?«

»Was für Tacho?«

»Mann, wie spät es ist, Alter ...« Sanchez lacht.

»Ach so, kurz nach fünf ...«

»Jut, dann könn' wa auch erst ma zu mir gehen. Meine Mutter müsste jetz schon unterwegs sein.« Gino nickt.

»Ich muss aber auf jeden Fall noch mal nach Hause vorher«, sage ich. »Was essen und so. Vielleicht noch Haare schneiden ...«

»Ja, dann gehen wir schon mal zu mir und du kommst dann einfach rüber oder halt direkt zu Julius!«

Schon im Hausflur höre ich laute Musik aus unserer Wohnung. Was ist da los, macht mein Vater alleine Party, oder was? »Light my Fire« von The Doors ist sein typisches Gute-Laune-Lied, habe ich was vergessen? Ich schließe auf, schmeiße meine Kapuzenjacke auf die Kommode und laufe ins Wohnzimmer.

»Was los, Papa? Die Musik hört man bis in 'n Fahrstuhl«, schreie ich und drehe die Musik leiser.

»Hey Lukas«, sagt mein Vater. Er wuselt und tänzelt

durch das Wohnzimmer. »Willst du Kaffee? Hab grad neuen gekocht.«

»Haben wir im Lotto gewonnen oder warum hast du so gute Laune?« Ich gieße mir Kaffee ein, werfe drei Würfel Zucker in die Tasse und rühre.

»Mann, ich hab extra guten Kaffee geholt, und du versaust das mit dem scheiß Zucker, ey ...«, sagt er lächelnd. Ich grinse. So gut gelaunt habe ich ihn lange nicht gesehen. Er macht das Lied noch mal von vorne an und dreht wieder ein bisschen lauter.

»Hab ich was verpasst, Papa, was ist denn los?«, frage ich.

»Was meinst du?«

»Na, warum haste so extrem gute Laune? Und für wen ist der ganze Kaffee?«

»Ach so, ich habe gute Neuigkeiten«, antwortet er.

»Was denn? Sag!«

»Gleich, wenn dein Bruder da ist.« Marco kommt vorbei? Wieso sagt er mir das denn nicht früher? Voll geil, habe ihn ewig nicht gesehen. Keine Ahnung, wann er das letzte Mal da war, ist bestimmt schon zwei, drei Monate her.

»Ich fang jetzt an zu kochen. Du kannst mal den Tisch freiräumen bitte«, sagt mein Vater und verschwindet in der Küche. Ich packe das ganze Zeug vom Tisch auf einen Sessel und gucke auf die Uhr. Gleich sechs, um halb neun wollten wir zu Julius gehen.

Das Schloss in der Wohnungstür knackt.

»Salem Aleikum, Familie!«, ruft eine heisere Stimme: Marco. Ich springe auf und gehe in den Flur.

»Bruderherz, was los, ja?«, sagt er. Sein fettes Armband klappert, als wir einschlagen. Er umarmt mich kurz und sieht mich von oben bis unten an. »Lang nich gesehen, Alter. Richtig groß geworden, wa.« Er zwinkert mir zu. Marco sieht fresh aus, frisch vom Friseur, teure Klamotten ... Und er trainiert anscheinend wieder mehr, er ist noch breiter als sonst. Vielleicht hat er wieder mit Thaiboxen angefangen. War eh dumm, nach dreizehn Jahren damit aufzuhören. Wenn er so braun ist wie jetzt, sieht man die fette Narbe an seiner Schläfe auch kaum noch. Er hat mir immer noch nicht erzählt, wo er die herhat.

»Oh, hoher Besuch«, sagt mein Vater und haut ihm auf die Schulter. »Na los, komm rein! Ich koch grad.« Mein Vater dreht die Musik noch etwas lauter und geht wieder in die Küche.

»Matze hat gute Laune, oder wie?«, fragt Marco und lächelt. Wir gehen auf den Balkon.

Er lehnt sich gegen die Brüstung und lässt den Blick wandern.

»Alles wie immer, ja?«, sagt er. »Gropiusstadt steht noch ... Und schöner is auch nich geworden hier.« Er lacht kurz auf. »Aber wenigstens Sommer. Jetzt ist nicht mehr nur Beton, sondern Sonne und Beton, ja.« Er dreht sich zu mir, steckt sich eine Kippe in den Mund, tastet seine Hose nach einem Feuer ab, holt es heraus und zündet sie an. »Brauchst gar nicht so gucken, du kriegst keine, ja, ich schwöre«, sagt er und pustet aus.

»Ich hab eigene!« Marco verzieht das Gesicht. »Spaß, ich rauche nicht.«

Er lacht und tut, als würde er mir eine Schelle geben.

»Ist besser so, Lukas. Glaub mir. Rauchen ist scheiße ... Ich bin der größte Hund, weil ich rauche, ja. Egal, wie geht's dir? Alles gut?«

»Alles gut. Bei dir?« Die Sonne blendet, ich kneife die Augen zusammen.

»Sowieso. Willste mir nichts sagen, Dicker?«, er guckt mir in die Augen. Was meint er?

»Hä, nee. Wieso, was meinst du?«

»Ich hab neulich Serkan getroffen. Weißt doch, Bruder von Cem ... Immer noch nicht?«

Ich schüttle den Kopf. Ich will erst wissen, was er gehört hat.

»Er hat erzählt, dass Klein-Luki sich mit irgendwelchen Arabs geboxt hat, ja ...«, er lacht. »Richtiger Rocky.«

Marco greift mich am Nacken und drückt zu. Auaaa! Sofort weiß er über alles Bescheid, egal was ich gemacht habe oder was passiert ist. Hat mich früher schon immer genervt. Er guckt, ob unser Vater gerade in der Nähe ist, und zieht mich näher zu sich.

»Ich hab früher auch viel Scheiße gebaut, ja. Weißt doch, jeden Tag Schlägerei, mit den ganzen Kanaken rumgehangen, klauen, ticken, dies das. Ich war kein Engel, und ich will dir auch gar nix verbieten, so – mach deine Erfahrungen selber. Aber eins will ich dir sagen ...« Marco guckt wieder, was Papa macht. »Fick nich mit den falschen Leuten, ja! Ich schwör's dir, du weißt, was für Psychos hier rumlaufen. Irgendwelche kranken Ficker, die dich abstechen wegen zehn Euro oder so. Richtige einfach. So wie ich das gehört hab, hattet ihr Glück mit diesen Arabs, dass Cem und so dabei waren. Glaub mir, hätte auch ganz anders ausgehen können, ja.«

Er zündet sich noch eine Zigarette an. »Was ich sagen will: Scheiß ma auf dieses Neukölln-Kanaken-Stolz-Ehre-Ding, ja. Ohne Spaß, wenn einer mit Messer vor dir steht, rennst du. Und wenn du nicht rennen kannst, gibst du ihm dein Handy einfach. Scheiß ma drauf, ja. Ich kauf dir ein neues dann. Okay? Versprich mir!« Ich nicke unsicher. Manchmal verstehe ich ihn nicht, früher hat er immer gesagt, ich soll mir nichts gefallen lassen, egal von wem. Aber er hat schon recht, bringt nichts, sich mit irgendwem anzulegen.

»Aber ey, wenn du siehst, das sind Spasten, dann gib ihn Bombe einfach«, sagt er, schlägt in die Luft und lacht. »Weißt doch, Bam Bam, wie ich dir gezeigt hab ... Und jetzt lass mal gucken, was der Alte da in der Küche veranstaltet, ich hab Hunger, ich schwöre. Nur noch kurz aufrauchen.«

»Männer, ihr müsst noch mal los«, ruft mein Vater.

»Niemals«, ruft Marco zurück und zwinkert mir zu. Ich lache.

»Dann gibt's halt nur Wasser und kein Bier ...«

»Matthias hat Bier vergessen, ich raste aus, ja ...«, sagt Marco.

»Los jetzt, Essen ist gleich fertig. Portemonnaie liegt im Flur«, sagt mein Vater.

»Ich zahl schon, ja!«, Marco holt ein Bündel Scheine aus seiner Hosentasche, zählt und steckt es wieder ein.

»Ich schwöre, Minimum vier Mal sind wir hier hoch- und runtergelaufen, bis wir diesen Bastard gefunden haben, ja«, sagt Marco, als wir die Lipschitzallee Richtung Kiosk entlanglaufen. »Dann, als wir die hatten, wir fragen diese Jungs, ob sie behindert sind. Ganz ehrlich, die wussten genau, dass Serdar der kleine Bruder von eim von uns is, ja. Was ziehn sie ihm dann seine Cappi ab?« Er lacht. »Aber glaub mir, die haben nie wieder so gemacht!«

»Is Serdar nich der Cousin von diesem Mehmet?«

»Welcher Mehmet?«

»Keine Ahnung, ich kenn ihn nich. Aber gab's nich ma irgendein Mehmet hier, über den's so 'ne krasse Story gibt?«

»Sagt mir grad nix, ja. Was meinst du?«, sagt Marco und schaut mich an.

»Ich weiß nicht, ob das stimmt, aber ich hab von mehreren Leuten so 'ne Story gehört, dass dieser Mehmet wohl mal nachts von zwei Leuten angemacht wurde, die ihn schlagen wollten, hinten beim Wutzkycenter. Mehmet war angeblich voll auf Koka, ist ausgerastet und hat einem von denen dann mit 'nem Faustmesser 'ne Bombe aufs Ohr gegeben. Sofort tot. Mehmet ist dann weggerannt und hat sich bei seiner Oma versteckt. Irgendwie haben die Bullen das mitbekommen und die Wohnung gestürmt. Er hat das aber rechtzeitig gecheckt, ist aus dem dritten Stock vom Balkon gesprungen und mit zwei gebrochenen Beinen abgehauen und wurde nie gekriegt«, sage ich.

»Ach, die Story … Ja, kenn ich, aber der Typ hieß Mahmut und nich Mehmet, Dicker. Keine Ahnung, ob er der Cousin von Serdar is, ja«, sagt Marco. Wir sind kurz vor dem Kiosk.

»SHU, GUCK MA DEN FLÜCHTLING, JA!«, ruft plötzlich jemand hinter uns. Marco dreht sich um und fängt an zu lachen.

»IIIEH, GANZE BANDE AUF EIN HAUFEN, JA ... WAS LOS, IHR GAUNER, KEIN ZUHAUSE ODER WIE?«, ruft er und läuft breitschultrig auf die Truppe zu. Hinter dem Eingang zur U-Bahn stehen ungefähr sieben Jungs im Alter von meinem Bruder im Kreis – alles Türken, alle krass trainiert, alle von S44. Da sind auch die Brüder von Cem, die anderen kenne ich nicht. Marco schlägt allen ein und gibt Küsschen rechts, links. Er dreht sich zu mir und legt seinen Arm auf meine Schulter. »Hier, Lukas, mein kleiner Bruder, ja!«, sagt er.

»Ich kenn ihn doch. Richtige Bestie, der Kleene«, sagt Serkan. »Hab ich dir doch erzählt, er hat letztens mit uns Djamel und so geboxt. Ich schwöre, er's wie du.« Er zwinkert Marco zu.

»Was, wie ich? Ich war immer brav, ja«, sagt Marco und grinst. Ein Auto hupt, alle drehen sich um. »Was das für Kanakenversammlung hier?«, ruft ein Typ aus einem schwarzen BMW, mit verdunkelten Scheiben. Er hält mitten auf der Straße an, macht Warnblinker an, steigt aus und läuft auf uns zu. Er ist schwarz und dick, seine Silberkette funkelt bis hierher. Den habe ich schon mal gesehen, der heißt Samuel, glaube ich.

»Hoher Besuch, ja«, sagt er und umarmt Marco. »Dicker, ewig nich gesehn, alles klar? Und er's dein Bruder oder wie?« Er zeigt auf mich. Marco nickt, Samuel lächelt und gibt mir die Hand.

»Als wir in dein Alter waren, wir haben die ganze Gegend hier terrorisiert, ich schwöre«, sagt er.

»Jaaa Mann, und dein Bruder war der Schlimmste von uns«, sagt irgendein anderer und lacht. Ich gucke Marco an, der schüttelt den Kopf.

»Wie, nein? Wallah, du wolltest immer alle schlagen, ja. Marco Balboa, ich schwöre dir …«, sagt Samuel und haut ihm auf die Schulter. Krass, dass Marco selbst unter den ganzen S44-Leuten noch der Schlimmste war.

»Lass dir nix erzählen, Lukas. Die labern Scheiße. Ich war immer lieb, du weißt«, sagt er und nickt mir zu.

Ich lache. »Ja, ja«, antworte ich leise.

Auf einmal wird es laut, und ein Schwall Menschen strömt aus dem U-Bahnhof auf den Bat-Yam-Platz. Einer von ihnen starrt mich an, Djamel. Ich halte den Augenkontakt und stelle mich näher zu Marco. Djamel sieht Marco, Ali, Serkan und die ganzen anderen an und wird hektisch. Ich baue mich auf, so als würde ich immer mit S44 rumhängen, und gucke ihm weiter in die Augen. Djamel blinzelt und senkt den Blick. Wer ist jetzt der Abkacker? Djamel schaut sich um, sieht mich noch einmal an und rennt plötzlich los.

»Dicker, was lachst du so dreckig?«, fragt Marco, aber ich kann nicht aufhören zu grinsen. Scheiß Djamel, der wird mich nie wieder anfassen.

»Was lachst du denn so eklig?«, fragt er noch mal.

»Ach, nix, ja.«

»Wie nix? Alter, du guckst, als hättste grad 'n Taui inna Spielo gewonnen, ja.«

»Lass ihn doch, Moruk. Er ist sechzehn, Mann. Er denkt bestimmt an irgendwelche Mädels, ja!«, sagt Ali. »Bei Cem ist auch so grad. Er redet nur noch von so eine Denise, ja. Denise hier, Denise da … Ich sag ihn:

Wallah, noch einmal den Namen, und ich raste aus, Amenakoyum!« Ali fuchtelt wild mit den Händen herum, alle fangen an zu lachen.

Mein Bruder legt seinen Arm um meine Schulter. »Ganz vergessen, dass du schon so alt bist, ja. Ich schwöre, für mich bist du immer noch dreizehn«, sagt er, dann guckt er auf die Uhr. »Egal. Jungs, wir müssen los, ja. Matthias rastet aus sonst. Schön, euch gesehen zu haben auf jeden Fall. Und Dings, ich bin in zwei Wochen wieder hier, dann hab ich mehr Zeit. Könn wa ein saufen oder so. Richtigen Haram-Tag einfach. Wie früher.« Er lacht. »Aber hier, Baba wartet zu Hause, ja. Haut rein.«

»Wallah, Matze kriegt Anfall sonst«, sagt Ali und lacht. Wir gehen los.

»Ah und Dings, passt bisschen auf Lukas auf für mich! Tamam?«, ruft Marco noch, sie nicken.

»So, ich zahle, du trägst«, Marco hält mir die zwei Sixer Bier vom Kiosk hin.

»Woher kennst du eigentlich die ganzen Leute von eben? Ich kenn die alle nur aus Erzählungen, weil jeder sagt, dass die krass sind!«

»Na von hier, ich kenn die schon ewig, ja. Mit Ali und Serkan war ich zusammen Grundschule und die andern, keine Ahnung. Fußball Pippiplatz, Boxen HDM, Fitness, dies das. Zusammen aufgewachsen einfach. Paar Sachen erlebt, die zusammenschweißen, ja. Und mit Samuel hab ich ma Thais verkauft 'ne Zeit. Aber nich lange ja. Ich schwöre, sind Schrott die Pillen.«

Ich gucke ihn an, keine Ahnung, ob ich so sein will

wie er oder nicht. Irgendwie beides. Ist bestimmt geil, hier wie Herkules durch die Gegend zu laufen und vor niemandem Angst haben zu müssen, aber dieser ganze Stress, den die hatten, bis es so weit war ... Jeden zweiten Tag mit blauer Fresse nach Hause kommen, andauernd Ärger mit der Polizei, überall Leute, die was von dir wollen. Ist bestimmt anstrengend. Ich glaube, ich könnte das nicht.

»Und?«, frage ich dann.

»Und was?«

»Warst du wirklich der Schlimmste von allen? Schlägerei und so?«

Marco lacht. »Was heißt ›Schlimmste‹, ja? Ich hab schon viel Scheiße gemacht, aber die Ficker auch, glaub mir! Und Dings, ich hab früher wirklich probiert auf Papa zu hören, mich aus allem rauszuhalten, ruhig zu bleiben, kein Ärger Märger. Weißt doch, wie er redet immer: ›der Klügere gibt nach‹, ›lass dich auf nix ein‹ und so bla. Ich hab auf ihn gehört und dann einfach paarmal mies auf die Fresse bekommen deswegen, ja. Von irgendwen, irgendwelchen dahergelaufenen Hurensöhnen. Dann dachte ich mir: Fickt euch alle, ja! Ich lass mir gar nix mehr gefallen. Angefangen mit Boxen, angefangen mit Pumpen, die andern war'n auf demselben Film, und dann kannte uns irgendwann jeder, und keiner hat uns mehr angewichst, ja. Weißt doch, die Erwachsenen sagen ›der Klügere gibt nach‹, auf der Straße die Leute sagen ›der Klügere tritt nach‹. Und bevor ich auf dem Boden liege, lieber die anderen, oder? Bei Matthias früher hat vielleicht noch funktioniert so. Was er immer erzählt hier mit Schläger-Peter und Gewalt-Jörg, oder wie die Lappen damals hießen. Aber heute? Alter, die Jungs heißen nicht mehr Schläger-Peter, sondern Ich-fick-deine-Mutter-und-stech-dich-kaputt-Abdul. Was willst du mit den groß reden, ich schwör's dir.«

Ich nicke.

»Egal, scheiß drauf jetzt. Pass du einfach auf dich auf, Luki. Wenn du kämpfen musst, kämpf! Aber denk dran, was ich dir vorhin gesagt hab: Wenn einer mit Messer kommt oder so, scheiß drauf. Ist nicht wert, ja. Und jetzt lauf ma schneller, ich hab übertrieben Hunger langsam. Nicht, dass Matze alles alleine aufisst.«

»Was ist denn nun die gute Nachricht, Papa?«, frage ich.

»Auf jeden, sag ma an hier!«, sagt Marco. Mein Vater stellt sein Bier ab, steht auf, kramt in seinem Rucksack herum und kommt mit zwei Stapeln zusammengetackerter Papiere wieder.

»Hier«, sagt er und legt sie auf den Tisch.

»Was das, Arbeitsvertrag?«, fragt Marco.

Mein Vater nickt.

»Öh, geil. Glückwunsch! Als was denn? Ich schwöre, Papa, is mir zu viel Text grad, ja.«

»Hausmeister. Ist aber 'n richtiges Glücksding. Dreißig-Stunden Woche, eins eins raus im Monat, dreißig Urlaubstage im Jahr und vor allem unbefristet. Besser geht's eigentlich nicht. Also klar geht's besser, aber ist schon super erst mal.« Mein Vater lächelt stolz.

»Geil, und wann geht's los?«

»September erst. Ist aber gut, dann ist das alles nicht so stressig jetzt.«

»Humboldt Universität«, lese ich vor. »Arbeitest du an der Uni?«

»Wallah, Doktor Professor Matthias, ja«, sagt Marco.

Ich lache. »Aber ey, dann Prost, wa. Auf dich, Papa. Glückwunsch!« Wir stoßen an und essen weiter.

Mein Handy vibriert, SMS von Sanchez: »Loco, wir saufen bei mir. Irgendwat is mit Bruder von diesem Julius. Bis gleich.«

»Ex oder Hurensohn!«, sagt Julius und hält seine Apfelkorn-Billigsprite-Mische in die Luft. »Ich schwöre, wer zuerst absetzt, is die größte Pussy, ja!«

Sanchez, Gino und ich setzen unsere Getränke an. Ich rieche kurz dran, atme durch und probiere alles runterzuschlucken, bevor der Geschmack ankommt. Klappt nicht. Das Zeug ist so eklig, ich schüttle mich, während ich den letzten Rest runterkippe. Ich trinke sofort einen großen Schluck Sprite nach und ziehe an meiner Zigarette. Mir ist schwindelig vom schnellen Trinken, oder ich bin schon angetrunken. Wie weit sind die anderen? Julius und Sanchez haben auch schon ausgetrunken, Gino setzt seinen Becher ab.

»Iiieh, Gino is Hurensohn!«, ruft Julius und lacht. Gino trinkt schnell weiter, zieht den letzten Rest weg und stellt den Becher auf den Boden.

»Ich schwöre, bei mir war viel mehr drin als bei euch«, sagt er mit ekelverzerrtem Gesicht.

»Was, viel mehr? Ich hab genau gleich viel reingemacht, ja«, sagt Julius. »Zur Strafe Wodkashot für Gino, oder?« Er sieht Sanchez und mich an. Ich greife den Blutorangenwodka und mache Ginos Becher halbvoll.

»Verpiss dich ma!«, sagt Gino. »Übertreib nich, ja …«

Ich gieße noch einen Schluck dazu und schiebe es ihm rüber. »Ex oder noch ein Shot.« Ich zwinker ihm zu.

Er schüttelt den Kopf. »Ihr Opfer, Alter.« Er hält sich die Nase zu und kippt die knallrote Plörre runter.

»LOCO, Gino, du Tier!«, schreit Sanchez.

Gino wirft mir den leeren Becher an den Kopf. »Fickt euch, Alter!«, sagt er und nimmt sich die Sprite. »Gib ma noch 'ne Kippe lieber!«

Julius schmeißt ihm eine in den Schoß und dreht die Musik noch lauter.

»ICH CRUISE TÄGLICH DURCH MEIN GHETTO, IMMER AUF DER SUCHE NACH GHETTOHOES, WO ICH AUCH BIN, ICH INHALIERE GELBEN RAUCH, NICHTS GEHT ÜBER FETT RUMHÄNG' IM MV«, scheppert es aus dem Ghettoblaster auf dem Boden. Der dritte Sekte-Track hintereinander. Sanchez steht auf, kramt auf seinem Bett herum und kommt mit einem MP3-Player in der Hand wieder.

»Ick mach jetz ma wat an!«, sagt er, zieht Julius' Player vom Kabel und stöpselt seinen dran. »Ick zeig euch ma ordentliche Mucke!« Er steht auf und fängt an zu seiner blechernen Latinomusik zu tanzen.

»Was das für Musik?«, ruft Julius. »Mach ma wieder Sekte an oder Bushido oder so! Irgend 'n Hip Hop auf jeden Fall.«

»Dicker, dit is Reggaeton. So wat läuft auf Kuba.« Julius winkt ab.

»Zeig uns andermal«, sagt Gino.

»Ja Mann, lass mich ma ›Westberlin‹ anmachen!«, sage ich.

»Jungs, ick komm aus'm Osten, wissta schon, ja?«

»Aber hier ist NEUKÖLLN«, sagt Julius.

»JA MANN, 44!«, brüllt Gino auf einmal. Wenn Gino brüllt, ist er schon langsam besoffen. Nüchtern wär er niemals so laut.

»Ihr habt keene Ahnung, Alter!« Sanchez zieht seinen Player wieder ab und wirft ihn zurück auf das Bett. »Mit eurer Musik werdet ihr nie bumsen, Jungs. Wisst ihr eigentlich, wie die Frauen ausrasten auf Reggaeton?«

»Hier rasten die Frauen auf unsere Musik aus, ja. Wir müssen aber eh langsam los. Dings, is gleich elf schon ...«

»Meine Mutter kommt ooch bald wieder, glaub ick«, sagt Sanchez, steht wieder auf und sucht sein Zeug zusammen. »Aber mach ma auf jeden Fall noch 'ne Mische für'n Weg irgendwer!«

»Was soll ich mischen?«, fragt Gino und sieht ihn an.

»Hä, na kipp allet zusammen, wat wa noch haben!«

Gino schüttet den restlichen Apfelkorn und den Blutorangenwodka in die Spriteflasche und steht auf. Plötzlich verliert er das Gleichgewicht und fällt fast hin. Ich fange sofort an zu lachen.

»Wat war 'n ditte?!«, prustet Sanchez. »Die Mische verwahr ick ma lieber.« Er nimmt Gino die Flasche aus der Hand.

»Dicker, Dings, gib ihn ma noch ein Schluck, ja«, sagt Julius und grinst.

»Loco, dein Ernst? Er torkelt doch jetz schon ... Aber einer geht noch, ich schwöre.«

Sanchez zuckt mit den Schultern und hält Gino

die Flasche hin. Der nimmt sie ohne Gegenwehr und trinkt.

»So, dann lass jetzt bis Rudower Straße vorlaufen und 171er nehmen bis Grenzallee!«, sage ich und stehe auf.

»Könn' wa die Scheiße vielleicht ma leiser machen? Mann ey ...«, motzt ein Typ vor uns im Bus. Julius macht die Musik auf seinem Handy extra noch lauter und starrt den Mann an. Gino und ich fangen an zu lachen.

»Ihr sollt die Scheiße ausmachen, hab ick jesagt!«, sagt er und guckt böse. Sanchez steht grinsend auf.

»Sie haben nicht das Recht, mich ›N****‹ zu nennen, Sir!«, ruft er plötzlich. Wir sind mitten in Neukölln, außer Julius und mir sitzen nur Ausländer hier im Bus. Alle drehen sich um und glotzen den Mann an.

»Ick habe nicht ...«, stammelt er.

»Iiieh, richtiger Nazi!«, ruft Gino.

»Der Einzige, der hier ›N****‹ sagt, bin ick, N****!«, schreit Sanchez. Er nimmt einen großen Schluck der orangebraunen Plörre, verzieht das Gesicht und wischt sich den Mund ab. Julius macht dasselbe Lied noch mal an. Der Mann steigt an der nächsten Haltestelle kopfschüttelnd aus. »HEIL HITLER!«, brüllt Julius ihm nach und nimmt Sanchez die Flasche aus der Hand. Meine Augen tränen vor Lachen.

»Klinikum Neukölln« tönt es aus den Lautsprechern. Julius hält mir die Mische hin. Sie ist noch fast drei viertel voll, das schaffen wir niemals in den fünfzehn Minuten, bis wir da sind. Ich trinke einen kleinen

Schluck und gebe sie Sanchez. Wieder hält der Bus an. Vier Mädels steigen ein. Wenig Kleidung, aufgetakelt, ihr Parfüm riecht man bis hier hinten.

»OYE QUE BOLA LOCAAAS!«, ruft Sanchez ihnen zu, verzieht das Gesicht und beißt sich in die Faust. Die Mädels drehen sich extra nicht zu uns um.

»Alter, wie brutal die eine aussieht«, flüstert Sanchez mir zu. Ich nicke und lächle. Die eine sieht wirklich krass aus.

»Ich schwöre, ich hol Nummer von einer«, sagt Julius und steht auf.

»Als ob«, sagt Gino.

»Was› als ob? Ich schwöre, ich mach … Ihr wisst ganz genau, ich hab immer Mädels am Start, ja. Immer. Zwei, drei, vier – kein Ding für mich.«

»Aber die kriegst du nich!«, sage ich. Keine Ahnung, wo Julius seine ganzen Mädchen immer herhat. Er reißt Sanchez die Flasche aus der Hand, trinkt und hangelt sich an den Haltestangen durch den Bus nach vorne. Er geht auf die Mädels zu und sagt irgendwas. Sie fangen an zu lachen. Julius dreht sich zu uns und zwinkert, dann sagt er wieder etwas zu ihnen. Sie hören schlagartig auf zu lachen.

»ICH BIN DOCH KEINE SCHLAMPE!«, ruft die Hübsche dann: »ICH SCHWÖRE, VERPISS DICH MA!« eine andere.

Julius diskutiert noch kurz, winkt ab und kommt zu uns zurück. Er setzt sich und grinst.

»Richtige Nutten, Alter … Guck ma, wie sie aussehen, ja. Ich frag, ob sie mitkommen auf Party und danach noch mit zu mir, ja, danach auf einmal, sie sind sauer, ja. Geben nich ma Nummer, die Fotzen. Ich schwöre.«

»Oyee, ick kenn ihn nicht!«, ruft Sanchez ihnen zu, keine Reaktion.

»Ne?« Immer noch keine Reaktion.

»Dann nicht, Putas ...« Der Bus hält an, die Mädchen steigen aus, laufen draußen an unserem Busfenster vorbei und zeigen uns grinsend einen Ficker.

»Alter, wo is denn diese Party? Wir sind hier in der übelsten Walachei ... Wat soll 'n dit für 'ne Party sein, mitten in so 'm Industriegebiet?«, fragt Sanchez.

»Zwei Minuten sind wir da. Is direkt da unten am Kanal auf der andern Seite von der Brücke«, sage ich und zeige die Grenzallee runter.

»Jungs, lass ma Dings, Polnische machen, bis die Flasche leer ist, ja«, sagt Julius. Er lallt schon ein bisschen. Wir nicken und halten an. Julius schraubt die Flasche auf und trinkt, gibt an Gino weiter, der an Sanchez, Sanchez an mich, ich wieder zu Julius, er an Gino, Gino zu Sanchez, er wieder an mich. Diesmal lasse ich meine Lippen geschlossen und tu nur so, als ob ich trinke. Das Zeug schmeckt widerlich. Ich will auf keinen Fall kotzen, schon gar nicht als Erster. Die andern trinken die Mische, als wäre es kalte Cola. Haben die keine Geschmacksnerven, Alter? Schon wieder ist die Flasche bei mir, jetzt trinke ich richtig. Wüääh! Ich spucke vor mir auf den Boden und gebe an Julius weiter. Er lacht mich aus, trinkt die letzte Pfütze leer und schmeißt die Flasche auf den Boden. Wir laufen weiter auf die Brücke zu. Alles dreht sich ein bisschen, ich bin langsam betrunken, glaube ich. Plötzlich brettern zwei Streifenwagen mit eingeschalteten Sirenen an uns vorbei.

»Ach scheiße, Mann, die fahr'n hundertpro zu der Party, ja …«, sagt Julius und zündet sich eine Zigarette an. Ich gucke auf die Uhr, kurz vor zwölf erst. So früh tauchen die hier sonst nicht auf, ist bestimmt irgendwas passiert. Auf einmal springen ein paar Jungs in schwarzen Kapuzenpullis aus dem Gebüsch bei der Böschung hinter der Brücke. Ohne sich umzudrehen sprinten sie weg und brüllen dabei irgendwas.

»Da, wo die grad hergekommen sind, ist der scheiß Raum«, sage ich. »Die Bullen sind bestimmt wegen denen da gewesen. Jetzt lösen sie die Nummer auf, sicher!«

»Alter, jetz bin ick endlich im Modus und dann so wat … Ick wollte paar Frauen klären jetze.« Sanchez bleibt genervt stehen und holt seine Kippen aus der Hosentasche.

»Ja, Dings, scheiß ma drauf. Party vorbei, ja … Lass gehen!«, sagt Julius.

»Lass doch wenigstens noch gucken, ob wa noch wat zu trinken klauen können, oder so«, sagt Sanchez.

»Ich schwöre, die Bullen sind da unten, Sanchez. Wie willste da was klauen, ja?«, sagt Gino.

»Ja Mann, Dings, außerdem hab ich Butterfly und CS-Gas dabei, ja. Lass einfach gehen, wenn die uns jetz durchsuchen, ich bin gefickt einfach«, sagt Julius.

»Wozu hast du die Scheiße überhaupt mitgenommen?«, frage ich.

»Hä, na wenn irgendeiner Faxen macht oder so. Wenn du dich schlagen lässt wie letztens, okay, aber ich lass mich nicht verarschen, ja. Ich schwöre …«

»Wer soll dich denn durchsuchen? Ick renn da kurz

alleene runter, und jut is«, sagt Sanchez. Er drückt mir ein Tütchen Gras aus seiner Hosentasche in die Hand und joggt los.

»Warte, ich komm mit«, sagt Gino und wankt hinterher, Julius und ich stellen uns an die Brüstung und gucken ihnen nach.

»Ich schwöre, wenn ich wegen den jetz Ärger kriege ...«, murmelt er. »Willste auch Kippe?« Julius hält mir seine Schachtel hin, ich nehme eine heraus, drehe mich um und spucke in den Kanal.

Sanchez und Gino kommen lachend wieder. Wie schnell ging das denn?

»Und, was los da?«, fragt Julius.

»Alter, die sind so besoffen da alle. Irgendwelche Kanaken waren wohl da und haben irgendwen geboxt, glaub ick. Deswegen ist Polizei gekommen.«

»Ja Mann, und irgendeine Olle is so besoffen, dass die grad Krankenwagen gerufen haben«, sagt Gino. Ich fange an zu lachen.

»Und habta noch was zu saufen bekommen?«, fragt Julius. Sanchez zwinkert ihm zu und zieht eine halbvolle Box Klopfer aus der einen und ein Desperados aus der anderen Jackentasche. Jetzt fängt auch Julius an zu lachen.

»Iiieh, richtiger Dieb, ja!«, sagt er. »Aber lass trotzdem lieber abhauen!«

Sanchez nickt und hält uns die Klopfer hin. Die mit Feige sind die leckersten. Ich nehme das letzte Feigenfläschchen aus dem Karton, trinke und schleudere die Flasche, so weit ich kann, in den Kanal. Wir laufen in Richtung der Bushaltestelle zurück.

»Jungs, wie sieht 'n dit bei euch eigentlich aus mit Geldverdienen? Lass uns ma irgendwat machen«, sagt Sanchez.

»Was meinst du?«, frage ich.

»Na ja, ick hab in Helle Gras verkauft und wirklich Kohle damit gemacht zum Beispiel. Irgendwat halt ... Ick meine, Gras könn wa hier auch easy verkoofen. Ick hab auf jeden Fall noch gute Connections von früher, da kriegen wa zwei Dinger für'n Zehner und verkoofen dit dann 1,6er Kurs weiter oder so.« Er sieht uns an. Julius, Gino und ich fangen sofort an zu lachen.

»Hä, was 'n mit euch, Alter?«

»Dicker, du kannst nich einfach so anfangen hier zu ticken, ja«, sagt Julius. »Wenn die andern Jungs rauskriegen, die töten dich. Ich schwöre.«

»Ja Mann«, sage ich. »Kannste wirklich vergessen. Gropiusstadt hat genug Ticker, die lassen hier keine neuen Leute verkaufen ...«

»Ja, dann scheiß auf Ticken, aber irgendwat müssen wir machen. Ick hab keen Bock zu leben wie der letzte Spast hier, Alter ...«

Von vorne rauscht ein Auto auf uns zu, auf dem Dach leuchtet es gelb. Ein Taxi. Julius streckt den Arm raus und hält es an.

»Bist du behindert? Taxi?! Lass doch einfach Bus fahren. Taxi is viel zu teuer«, sage ich.

»Genau so wat mein ick«, sagt Sanchez. »Wir müssen irgendwie zu Geld kommen, BVG nervt übertrieben.«

»Dings, ich zahl schon, ja«, sagt Julius.

»Hä, woher hast du denn Geld für'n Taxi?«, frage ich, Julius zuckt mit den Schultern. Das Taxi hält neben uns an. Ein älterer Mann lässt das Beifahrerfenster herunter und sieht uns an.

»Gropiusstadt, Wutzkyallee Ecke Fritz-Erler«, sagt Julius, der Taxifahrer nickt.

Sanchez, Gino und ich quetschen uns zu dritt auf die Rückbank, Julius setzt sich nach vorne.

»Dings, wie viel kostet ungefähr?«, fragt er.

Der Taxifahrer überlegt kurz. »So 12 Euro, schätz ick«, sagt er dann.

Julius nickt und wir fahren los.

»Könn wa bitte Radio anmachen?«, fragt Sanchez. »Jam FM oder so – 93,6, is dit!« Der Fahrer schaltet Jam FM ein und macht ein bisschen lauter.

»Yeah, mach ma noch lauter!«, Sanchez fuchtelt im Takt herum und öffnet das Desperados.

»Nicht trinken hier drin!«, sagt der Taxifahrer und schaut uns im Rückspiegel an.

»Ick pass uff, versprochen ...«, sagt Sanchez. Der Typ hält direkt an.

»Cüs, fahr ma weiter, ja!«, sagt Julius.

»Nicht trinken hier drin!«, wiederholt der Taxifahrer und sieht Sanchez wütend an.

»Is ja jut, Alter ...«, Sanchez zuckt mit den Schultern und fummelt den Deckel wieder auf die Flasche. Der Taxifahrer schüttelt den Kopf und murmelt irgendwas, dann fährt er weiter.

»Was machen wir jetzt eigentlich? Ich werd langsam müde, ja«, Gino gähnt.

»Wir können zu mir gehen«, sagt Julius. »Mein Bruder wollte Dings, in Tresor, der is mindestens bis sechs unterwegs, ja.«

Ich lehne meinen Kopf an das Fenster und gucke raus, wir sind schon auf der Lipschitzallee.

»Wo wollt ihr genau hin?«, fragt der Taxifahrer, als wir an einer Ampel warten.

»Wutzky Ecke Fritz-Erler«, sagt Julius. Wir biegen links ab und fahren die Fritz-Erler-Allee herunter, neben mir ziehen die Lichter aus den Fenstern der Hochhäuser und Blocks vorbei, vielleicht liegt es am Alkohol, aber mir ist noch nie aufgefallen, wie schön das aussieht.

Gegenüber der Tankstelle an der nächsten Kreuzung halten wir an.

»12,30 Euro«, sagt der Taxifahrer. Julius kramt in seiner Tasche herum. »Geht ruhig schon raus, ja. Ich mach das.«

Wenn er meint ... Sanchez, Gino und ich steigen aus und warten.

Wieso braucht er denn jetzt so lange, hat er doch nicht genug Geld dabei? Ich gucke durch das Beifahrerfenster ins Taxi, Julius holt etwas aus seiner Tasche. Er lächelt, schnallt sich ab und zwinkert mir durch die Scheibe zu. Plötzlich dreht er sich zu dem Fahrer und sprüht ihm das CS-Gas in die Fresse. Dann reißt er die Tür auf und springt aus dem Wagen. Der Taxifahrer schreit vor Schmerzen, Julius knallt die Tür wieder zu und tritt den Seitenspiegel ab.

»WILLKOMMEN IN NEUKÖLLN, MUTTERFICKER!«, brüllt er und rennt los. Wir sprinten hinterher, Julius schmeißt die kleine Gas-Dose auf einem Parkplatz weg und biegt hinter den Blocks rechts ab. Wir hecheln über die kleine Wiese vor den Häusern, bis wir vor seinem Aufgang ankommen. Hier kommt der Taxifahrer so schnell nicht hin. Keine Ahnung, ob er uns überhaupt gefolgt ist. Keuchend stehen wir vor der Eingangstür, Julius holt seinen Schlüssel aus der Hosentasche, steckt ihn ins Schloss und dreht sich zu uns.

»Ich hab doch gesagt, ich mach«, keucht er und lächelt stolz. Gino und Sanchez fangen an zu lachen, ich auch, obwohl ich gar nicht will. Der arme Taxifahrer.

»Ich geh kurz gucken, ob mein Bruder wirklich weg is, ja«, schnauft Julius, dreht den Schlüssel und verschwindet im Treppenhaus.

»Die sind noch hier, ja. Sahen auch nich aus, als würden sie gleich losgehen ... Lass irgendwo raus chillen«, sagt Julius, lässt die Haustür hinter sich zufallen und zündet sich eine Zigarette an.

»Scheiß drauf, ich bin eh müde langsam«, sagt Gino und gähnt schon wieder. »Ich geh nach Hause, ja.«

»Was nach Hause?! Dein Ernst?«, sagt Julius.

»Ich bin müde, Mann ... Ihr habt doch eh nix mehr vor.« Gino hält ihm die Hand zum Tschüss-Sagen hin.

»Was bist du für ’ne Pussy, Alter?«, sagt Julius und klatscht kopfschüttelnd ein. Sanchez und ich geben Gino die Hand, und er geht.

»Pussy, ja ...«, sagt Julius noch mal und sieht uns an. »Und jetz? Wollt ihr Dings, auch nach Hause, dann chill ich mit mein Bruder, ja?« Ich gucke Sanchez an, er zuckt mit den Schultern. Ich weiß es auch nicht.

»Dann geh ich wieder rein und sauf noch mit den, ja. Is okay?«, fragt Julius.

»Ja sowieso, groß was machen können wir ja eh nich mehr. Ich wüsste zumindest nich, was ...«, sage ich.

»Okay, dann Dings, reden wir einfach morgen oder so, ja.« Julius gibt uns die Hand und geht wieder rein.

»Dicker, haste noch dit Gras, wat ick dir vorhin gegeben hab?«, fragt Sanchez, als wir wieder an der Fritz-Erler-Allee ankommen.

Ich taste meine Hosentaschen ab. »Ja.«

»Dann lass ma noch ein kiffen und in Ruhe austrinken irgendwo, oder? Du kennst doch bestimmt noch 'n juten Spot hier.«

»Dörferblick wär perfekt, von da hat man 'n Blick auf die komplette Gropiusstadt, sieht aus wie New York von da aus, aber wär zu weit jetzt. Wir könn' höchstens Lipschitzallee aufs Parkhausdach gehen«, sage ich.

»Optimal, lass machen!«

»Is schon geil hier oben«, lallt Sanchez und hält mir den letzten Stummel der zweiten Tüte hin.

Ich schüttle den Kopf, ich kann nicht mehr. Erst jetzt kommt das Kopfschütteln in meinem Gehirn an, fühlt sich an wie in Zeitlupe. Zwischen uns liegen die leeren Klopfer, das Desperados und der Filter vom ersten Joint. So drauf war ich lange nicht mehr. Ich kneife die Augen zusammen und versuche die Uhrzeit auf meinem Handy zu erkennen, halb fünf, glaube ich. Rechts hinter den Häusern brechen die ersten Sonnenstrahlen durch die Dunkelheit.

»Wie krass sieht das denn aus?«, sage ich langsam. Sanchez reagiert nicht, ich stoße ihn an, falle dabei fast auf die Seite und fange an zu lachen.

»Lass ma na' Hause jehn, Dicker. Ick kann nich mehr«, sagt er mit halb geschlossenen Augen. »Aber ohne Scheiß, wir müsn irgendwat machen und an Geld komm … Irgendwat …«

KAPITEL 4

»Ich schwör, ich mach!« Abdul hebt einen kleinen Tisch an und läuft damit in die Mitte des Klassenzimmers. David und Osman stapeln gerade sechs andere Tische vor der Tafel zu einer Pyramide.

»Warte, warte! Ich mach Video«, ruft Sertac. Er holt sein Handy aus der Tasche, hält es auf Abdul und nickt. Abdul fängt an zu grinsen. »Willkommen bei Sportunterricht in unsrer Freistunde – heute: Tischtennis«, sagt er in die Kamera, dann nimmt er Anlauf und schmeißt den einen Tisch auf die übereinandergestapelten. Die anderen grölen, als fast alle Tische mit lautem Scheppern und Poltern herunterknallen.

»BOOOM!«, schreit Abdul. Er springt wild fuchtelnd durch den Raum und schlägt mit allen ein, die um ihn herumstehen. Osman holt aus und wirft noch einen Stuhl an die Tafel. Gleich ist unsere Freistunde ohne Aufsicht vorbei, so laut wie das war, muss man das in der ganzen Schule gehört haben.

Die Tür knallt auf, und ein Lehrer stürmt herein. »WAS IST HIER LOS?«, brüllt er, sofort ist es still. Er lässt seinen Blick durch den Raum wandern, sieht die Tische auf dem Boden liegen, den Stuhl neben dem Lehrertisch und den Riss in der Tafel. Abdul und Osman drehen sich kichernd weg und gucken auf den

Boden. Der Lehrer schüttelt den Kopf und geht wortlos wieder.

»Ich schwöre, diesmal habt ihr übertrieben!«, sagt Selen. Sie steht auf und fängt an, die Tische wieder aufzustellen.

»Oh, Selen Streberin!«, ruft Osman und lacht.

»Was Streberin? Räum lieber mit, ja! Ich schwöre …«, sagt sie.

»Bin ich Putzfrau oder was?«, murmelt Osman und setzt sich auf seinen Platz.

Wieder geht die Tür auf, dieses Mal ist es der Rektor Herr Schiezeth.

»WAS SOLL DAS HIER SCHON WIEDER?«, schreit er. Keiner antwortet. »Was das hier soll, hab ich gefragt? In zwei Minuten ist das hier alles wieder ordentlich, sonst gibt's Ärger! Und ich meine nicht Klassenbucheintrag-Ärger, sondern Ärger-Ärger. Für alle!«

Wieso ist Herr Schiezeth heute so schick gekleidet? Ich habe ihn noch nie mit Hemd und Sakko gesehen.

»Zwei Minuten!«, wiederholt er, dann rauscht er ab und knallt die Tür zu. Keiner sagt etwas, für einen Moment ist es still.

»Ganz ehrlich, ich bin schon zweimal sitzengeblieben. Wallah, ich hab kein Bock auf noch ein Jahr«, sagt Momo. »Lass alle wegmachen, bevor Jürgen Herzinfarkt kriegt!« Er steht auf und hilft Selen, die Tische wieder aufzustellen. Abdul und die anderen sehen sich an, zucken mit den Schultern und helfen widerwillig mit.

»Ich sag doch, ihr habt übertrieben diesma«, sagt Selen.

Als alle Tische wieder stehen, setzt Momo sich neben mich. »Wo ist eigentlich Dings, Sanchez?«, fragt er.

Gute Frage, keine Ahnung. »Weiß nicht, gestern Abend meinte er, er kommt auf jeden Fall. Vielleicht verpennt oder so«, sage ich.

»Wallah, größte Gauner, ja …«, sagt Momo und grinst. »Wie lange noch bis Pause, Lukas?«

Ich gucke auf die Uhr. »Fünfzehn Minuten.«

Momo verdreht die Augen. »Ich schwöre, ich muss eine rauchen, ja. Ich geh kurz raus … Kommste mit?«, fragt er und steht auf.

Wieder geht die Tür auf, noch mal Herr Schiezeth. Er sieht sich um und nickt zufrieden. »Sieht doch schon ganz anders aus, sehr gut! Jedenfalls, ich möchte euch alle bitten, pünktlich zum Beginn der nächsten Stunde in die Aula zu kommen, wir haben was Wichtiges zu verkünden. Dauert zehn Minuten, danach geht der Unterricht ganz normal weiter. Kriegen wir das hin?« Einige nicken stumm, das scheint ihm zu reichen. Er dreht sich um und geht wieder, in der Tür dreht er sich noch einmal um. »Ach ja, wir haben Leute von der Presse zu Gast heute, benehmt euch bitte!«, sagt er und schließt die Tür hinter sich.

Was haben die denn zu verkünden? Ist wieder irgendwem was Krasses passiert? Letztes Mal, als wir uns alle dort versammeln sollten, wurde ein Mitschüler in der U-Bahn auf dem Weg nach Hause abgestochen. Marcel. Drei Stiche, von irgendeinem Typen, der vorher seine Freundin angemacht hat. Dieser Marcel hat ihm nur gesagt, dass er sie in Ruhe lassen soll, dafür wurde er abgestochen. In der vollen U-Bahn, tagsüber. Da waren auch Journalisten hier, unsere Schule und die ganze Gropiusstadt waren auf einmal überall Thema.

»Alter, was los mit Jürgen? So streng heute, Anzug, Presse is hier ...«, sagt Momo. »Ma sehen, was die erzählen, ja ...« Auf einmal fängt er an zu lachen. »Aaah Dicker, was ich noch erzählen wollte: Wir waren Freitag auf Party. Weißt doch, da Grenzallee. Ich mit den ganzen Chaoten von Köllnische Heide, ja. Wir gehen hin, 22 Uhr, klauen den Wodka, saufen alles aus einfach. Danach, du siehst, ein Kumpel von mir, er rastet aus – er schlägt zwei Leute auf der Party. Einfach so, ja. Ohne Sinn. Ich schwöre, Schlimmste, wenn er trinkt. Sowieso richtiger Absturz. Scheiß Musik, hässliche Frauen, nur Opfer da ... Du siehst, irgendein Mädel is so besoffen, sie kotzt alles voll«, er grinst. »Mein Kumpel fasst ihr an die Titten danach ... Wir sind keine Stunde da – Polizei wird gerufen, wir hauen ab. Schlimmste Abend.«

»Ihr wart das?«, sage ich.

»Was war'n wir?«

»Ich war auch da mit Sanchez und noch zwei Kumpels. Also wir wollten hin. Genau als wir angekommen sind, sind die Bullen gekommen. Wir sind dann auch gar nicht mehr rein, ja ...«

Momo grinst. »Dein Ernst? Die war'n wegen uns da, ja. Aber glaub mir, nix verpasst. Wallah!« Er zwinkert mir zu. Ich nicke.

Mein Handy vibriert, SMS von Sanchez: »jo hab verpennt komme jetz.«

»komm direkt in die aula die wollen irgendwas ansagen«, antworte ich und stecke mein Handy wieder ein.

»Sehr geehrte Damen und Herren vom Land Berlin, werte Journalisten, liebe Schülerinnen und Schüler«, sagt Herr Schiezeth und umklammert das Mikrofon fest.

»Ich schwöre, ich geh rauchen gleich«, flüstert Momo mir zu und schüttelt den Kopf. »Todeslangweilig, ja ...«

»Sag Bescheid, ick komm auf jeden Fall mit«, sagt Sanchez. So voll, wie es hier ist, würde es niemandem auffallen, wenn sie gehen. Ich will aber hören, worum es hier geht.

»Erst einmal schön, dass ihr so zahlreich erschienen seid. An der Stelle auch noch mal vielen Dank an die Lehrerinnen und Lehrer dafür, dass sie auf einen Teil ihres Unterrichts verzichten, damit ihr zuhören könnt.« Schiezeth nickt den Lehrern in der ersten Reihe zu, in dem bunten Bühnenlicht sieht er gar nicht aus wie er – ganz anderer Mensch. »So, mir ist es eine besondere Freude, dass wir dieses Mal etwas Positives besprechen können und nicht, wie bei unserer letzten Versammlung hier, von einem Trauerfall berichten müssen. Bevor ich erzähle, worum es geht, möchte ich euch aber erst mal Herrn Reuter vom Bildungssenat des Landes Berlin vorstellen.«

Er lässt eine Pause, als würde er Applaus erwarten – niemand applaudiert. Ein kleiner, dicklicher Mann erhebt sich unsicher und schlurft auf die Bühne. Er nimmt die zwei Stufen mit einem Schritt, bleibt an der oberen mit der Fußspitze hängen, stolpert und fällt fast hin. Er macht einen großen, lauten Ausfallschritt auf die Bühne, um das Gleichgewicht zu halten. Alle Schüler brüllen und lachen ihn aus.

»Wie er stolpert …«, ruft irgendwer.

»Wallah, er is besoffen!«, ein anderer. Herrn Reuters Kopf ist plötzlich knallrot. Er stellt sich widerwillig neben unseren Direktor und guckt auf den Boden. Die Fotografen knipsen.

»Haallooo, ist doch gut jetzt. So lustig war das nun wirklich nicht. Kann doch jedem mal passieren, dass man stolpert«, ruft Herr Schiezeth in sein Mikrofon.

»Ja, aber er musste nur fünf Schritte laufen. Ich schwöre, wie kann man da stolpern? Übertriebene Blamage!«, sagt Osman laut. Herr Schiezeth geht nicht darauf ein.

»Jedenfalls, Herr Reuter …«

»Sie meinen Herr Stolper!«, ruft jemand dazwischen. Wieder lachen alle laut.

»SO, JETZT IST MAL WIRKLICH RUHE HIER!«, Herr Schiezeth atmet laut aus. »Wir haben was Tolles zu verkünden und keine Zeit für so ein Theater hier. Also, Herr Reuter vom Berliner Bildungssenat und ich freuen uns, euch mitteilen zu können, dass unsere Schule vom Land Berlin mit fünfzig nagelneuen Computern ausgestattet wird.« Er guckt sich freudig um. Sanchez flüstert irgendetwas, aber ich versteh ihn nicht, es ist immer noch zu laut.

»Das heißt, dass wir künftig endlich auch an unserer Schule praktischen EDV-Unterricht haben werden. Wir sind der Meinung, dass jede und jeder von euch grundlegende Computerkenntnisse haben sollte, um erfolgreich ins Berufsleben zu starten, deswegen freuen wir uns sehr darüber. Und das Beste: Es geht bereits ab nächster Woche damit los. Die neuen Computer kommen schon übermorgen hier an. Toll, oder?« Wieder sieht er sich strahlend um – und bekommt nicht die Reaktion, die er haben will. »Und dem Mann, dem wir das Ganze zu verdanken haben, möchte ich jetzt das Wort erteilen: Herrn Reuter!« Mit großer Armbewegung zeigt er auf den schüchternen Mann im viel zu großen Sakko neben sich und steckt das Mikro in den Ständer in der Mitte der Bühne.

Plötzlich ist es totenstill in der Aula. Herr Reuter zieht ein paar Zettel aus der Innentasche seines Sakkos und stellt sich an das Mikro. Mit Quietschen und Ruckeln stellt er den Ständer auf seine Körpergröße ein. Er öffnet den Mund, dreht sich doch noch mal um und holt sich eine Apfelschorle von dem kleinen Tisch auf der Bühne. Er geht zurück an das Mikrofon und öffnet die Flasche, mit einem lauten Zischen sprudelt ihm plötzlich die halbe Apfelschorle entgegen. Sofort fangen alle an zu lachen.

»PROST!«, schreit Samir nach vorne. Hektisch versucht Herr Reuter so wenig wie möglich auf sein Jackett zu kleckern und hält die sprudelnde Flasche von sich weg, dabei stößt er den Mikrofonständer um – mit einem lautem Knarzen und einem schrillen Störgeräusch in den Boxen knallt es auf den Boden vor der Bühne.

Der arme Mann, er steht völlig bekleckert mit rotem Kopf wie festgefroren vor einer Pfütze aus Apfelschorle auf der Bühne, und dreihundert Schüler lachen ihn aus. Herr Schiezeth und zwei Lehrer eilen zu ihm. Die Lehrer begleiten Herrn Reuter hinter einen Vorhang auf der Bühne, Herr Schiezeth nimmt sich das Mikro.

»Okay, ähm, Herrn Reuter werden wir gleich hören, wir machen erst mal weiter, mit Frau Staake aus der Bezirksverwaltung Neukölln.« Er deutet auf eine Frau in der ersten Reihe und verschwindet hinter dem Vorhang.

Mein Handy vibriert wieder, diesmal SMS von Julius: »speter bei mir kiffen? gino kommt auch«. Ich tippe Sanchez an und halte ihm das Handy hin. Er liest die Nachricht und fängt an zu grinsen.

»Hä, was 'n dit für 'ne Frage? Türlich!«, sagt er. Ich fange auch an zu lachen.

Sanchez und ich stehen im Hof vor Julius' Haus, Sanchez wollte noch schnell aufrauchen, bevor wir reingehen. Er raucht heute mehr als sonst, allein auf dem kurzen Weg von uns hierher zwei Zigaretten. Er ist seit der Schule auch so komisch aufgekratzt.

»Wo wohnt er denn?«, fragt Sanchez und zieht an seiner Kippe.

»Dein Ernst? Wir waren doch Freitagnacht erst hier. Warst du so besoffen, Alter?«, sage ich.

Sanchez lacht. »Auf jeden, wa ... Loco, du hättest mir sonst wat sagen können, wo wir Freitag war'n, und ick hätt's dir geglaubt ...« Er schnipst seine Kippe weg. »War'n wir auch bei ihm drin?«

»Nee, wir haben hier draußen gewartet.«

»Jut, sonst hätt ick echt angefangen mir Sorgen zu machen, wenn ick selbst dit vergessen hätte ... Welche Stock wohnt er denn?«

»Erdgeschoss!«, sage ich.

»Erdgeschoss, wie kacke is dat denn? Da wohnste

schon innem Hochhaus und hast trotzdem kein Ausblick ...«

Ich nicke, lege den Kopf in den Nacken und zähle die Stockwerke. Wenn man das Erdgeschoss mitzählt, siebzehn.

»Siebzehn Stockwerke, ganz oben hat man bestimmt 'n miesen Blick über die ganze Gropiusstadt, und Julius guckt aus seinem Fenster direkt auf den braunen Block gegenüber«, sage ich und zeige auf das Haus auf der anderen Seite vom Hof. Sanchez lacht.

»Ganz unten links«, sage ich, als er ratlos vor den vielen Klingelschildern steht. »Radeck?«, fragt er, ich nicke. Der Öffner summt, bevor wir eintreten, hole ich tief Luft, weil es in Julius' Hausflur immer so krass stinkt. Die haben kein Müllhaus im Hof, sondern nur so einen Sammelplatz unten im Hausflur. Wir laufen zügig durch den engen Flur bis zur letzten Tür auf der rechten Seite. Ich klopfe. Julius öffnet die Tür einen Spaltbreit und winkt uns herein.

»Jo, alles klar?«, sagt er und gibt uns beiden die Hand. Sanchez und ich nicken.

»Lass ma direkt in dein Zimmer gehen, ick wollte wat mit euch besprechen«, sagt Sanchez.

Was meint er denn?

»Wir warten noch auf Gino, und ich muss Dings, noch essen, ja. Lass erst ma kurz mit ins Wohnzimmer«, sagt Julius und läuft vor.

»Wann kommt Gino denn?«, frage ich.

»Keine Ahnung, ja. Eigentlich wollte er schon hier sein. Ach so, nich wundern, mein Bruder hat Besuch«, sagt Julius und öffnet die Wohnzimmertür. Wir folgen ihm, im Wohnzimmer laufe ich gegen eine Wand aus stickiger Luft, Gras, Kippen und billigem Lufterfrischer.

»Alter, warum lüftet dein Bruder nich?«, flüstere ich Julius zu.

»Damit man draußen nichts riecht, wegen Bullen und so ...«, sagt er, verschwindet in der kleinen Küche am anderen Ende des Zimmers und lässt mich und Sanchez alleine stehen. Auf der Couch sitzen Julius' Bruder Adi und zwei Kumpels und zocken Playstation, sie beachten uns nicht. Einen von ihnen kenne ich, weil er immer hier ist. Ich glaube, er heißt Stefan, nennt sich aber Shoot. Er bröselt einen Rest Mische in die Glasbong auf dem Tisch. Der Rauch vom letzten Kopf steht noch in dichten Schwaden im Raum und brennt mir in den Augen. Alle Jalousien sind unten, nur die Schwarzlichtröhren und der flimmernde Fernseher beleuchten das Zimmer.

»Übertreib ma nich, Shoot! Ist unser letztes Gras, Alter«, meckert der andere Kumpel.

»Mann, geier ma nich rum jetz, Alter. Du hast grad selber übertriebenen Kopf geraucht, Mann«, antwortet Shoot. Mit seinen spindeldürren Armen nimmt er die Bong, holt ein Feuerzeug aus der Hosentasche, testet, ob die Flamme groß genug ist, und holt tief Luft. Er hält sich die Öffnung des Glasrohrs an den Mund, verdeckt das Kickloch mit dem rechten Zeigefinger, zündet den Kopf an und zieht. Blubbernd füllt sich die Bong mit weißem Rauch, der im Schwarzlicht neonblau leuchtet. Bestimmt hat Adi nur dafür diese Röhren hier. Shoot zieht langsam weiter, bis der Qualm bis kurz vor seinem Mund aufgestiegen ist, und setzt ab. Er holt noch einmal Luft, dann zieht er kräftig weiter. Als der Kopf durchgeglüht ist, lässt er das Kickloch los. Mit einem Schlag knallt ihm der komplette Rauch mit einem hohlen Pfeifen in den Mund.

»Alter, wieso könn wir nich einfach in sein Zimmer gehen?«, fragt Sanchez leise. Ich zucke mit den Schultern. Adi und seine Freunde sind die größten Assis, die ich kenne. Jeden scheiß Tag hängen die nur hier rum, kiffen, zocken und hören irgendwelchen hängengebliebenen Untergrund-Deutschrap. Sanchez guckt sich im Zimmer um. »Alter, was 'n dit für'n Vieh da?«, fragt er und zeigt auf das Terrarium neben der Couch.

»Keine Ahnung, irgend so 'ne komische Echse. Die hat sein Bruder schon ewig …«

»Das arme Vieh …«

Shoot ist wieder zu Luft gekommen und stopft sich eine Kippe.

»Ich schwöre, warum sagst du, du hast Sieb dis sauber gemacht, wenn du's gar nicht gemacht hast, Alter?«, fragt er den anderen Typen. »Ich musste übertrieben suchten grade – hat den ganzen Kopf versaut, Alter. Hat gar nix gebracht, ja und jetz wir haben kein Gras mehr. Richtig scheiße so was …« Er zündet die Zigarette an.

»Was nicht sauber gemacht?«, ruft der andere. »Ich mach immer sauber, Alter! Immer. Bei mir kann man sich drauf verlassen, dass ich dis Sieb immer sauber mach, Alter. Kannste jeden fragen. Jeden.«

»Pssscht!«, zischt Adi. »Schreit ma nicht so rum hier, Alter! Giacco macht Mittagsschlaf, Mann«, sagt er und deutet auf die Echse.

»Lass ma zu Julius in die Küche, bevor ick ausraste!«, sagt Sanchez und läuft vor, ich folge ihm.

»Jungs, zieht mal eure Schuhe aus, Alter!«, ruft Adi plötzlich und sieht uns wütend an.

Ist das sein Ernst? Die ganze Wohnung sieht aus wie Scheiße, überall liegt Müll rum, der Boden klebt, es stinkt, und wir sollen unsere Schuhe ausziehen? Sanchez schüttelt den Kopf, und wir gehen zurück in den Flur. Plötzlich klingelt es. Julius kommt mit einem Teller in der Hand aus der Küche zu uns geeilt, geht an die Tür und drückt den Summer. Er dreht sich zu uns. »Dings, Jungs. Ich muss gleich ma kurz mit Gino was bereden fünf Minuten, ja. Ihr wisst, Schule, dies das. Chillt einfach im Wohnzimmer so lang, okay?«, sagt er.

»Bei den Hängengebliebenen?«, sagt Sanchez. »Ick hab keen Bock auf die Vögel. Außerdem will ick auch wat mit euch bequatschen endlich.« Julius reagiert nicht und lässt Gino herein. Der schlägt bei uns ein und zieht seine Schuhe aus.

Was ist denn mit seinem Gesicht passiert? Seine Nase ist total geschwollen, sein linkes Auge dunkelblau.

»Was los, Gino, was passiert?«, frage ich sofort. Er schüttelt nur den Kopf. Ich gucke ihn weiter an, aber er weicht meinem Blick aus.

»Ach nix, ja ... Scheiß drauf«, antwortet er und geht direkt in Julius' Zimmer.

»Wirklich. Fünf Minuten«, sagt Julius noch mal und macht die Tür vor unserer Nase zu. Was bequatschen die beiden jetzt so Geheimes, dass Sanchez und ich nicht dabei sein dürfen? Als ob das was mit Schule zu tun hat: Drei von fünf Tagen sind die nicht mal da ... Was sollen die bereden: Referat? Hausaufgaben?

»Loco, wat is'n mit sein Auge?«, fragt Sanchez. »Sieht schlimmer aus als du, als wa uns kenngelernt haben ...«

»Weiß nicht«, sage ich. »Bestimmt sein scheiß Vater ...«, Sanchez nickt stumm.

»Janz ehrlich, Alter«, sagt er, »ick geh nicht noch ma zu den Assis ins Wohnzimmer. Da bleib ick lieber hier im Flur stehen.«

Julius wohnt schon über drei Jahre hier, warum hat er immer noch keine richtigen Möbel in seinem Zimmer? Nur diese gammlige Matratze auf dem Boden und einen Schrank. Warum kauft sein Bruder ihm nicht mal welche?

»So, seita fertig oder wat?«, fragt Sanchez. Ich setze mich neben Gino auf die Matratze. Was haben die denn besprochen, dass sie jetzt so betreten still hier rumsitzen?

»So, jetz endlich«, sagt Sanchez. »Ick hab die ultimative Idee, wie wa schnell zu Geld kommen ...« Er stellt sich zu Julius ans Fensterbrett, zündet sich eine Zigarette an und nimmt einen tiefen Zug und grinst verheißungsvoll. Er pustet aus und zieht noch mal. »Wo soll ick hinaschen?«

»Mann, einfach aus'm Fenster ... Mach ma nicht so spannend jetz!«, sagt Gino.

»Ja, Mann, sag doch«, sagt Julius.

»Jut, also, unsere Schule bekommt übermorgen fünfzig brandneue PCs. Vollet Programm, mit Bildschirmen,

Tastatur, Maus, allen Pipapo und ...« Wieder zieht er an seiner Zigarette. Julius, Gino und ich starren ihn ungeduldig an. »... wir klauen die Dinger und verscherbeln die Scheiße – paar Tauis für jeden!«

Julius beginnt zu grinsen, Gino auch. Meint er das ernst gerade? Ist er behindert?

»Dein Ernst?«, sage ich.

»Hää, 'türlich is dit mein Ernst. Warum denn nich?«

»Wie warum nich? Alter, was los mit dir? Wie willst 'n das machen? Tagsüber kurz ins Lager gehen und dann mitnehmen oder was?«

Sanchez lächelt. »Nich tagsüber klauen. Nachts. Wir brechen ein. Dieset Wochenende.«

»Ja Mann!«, sagt Julius sofort, steht auf und kramt in einer Kiste neben seinem Bett.

»Einbrechen? In unsre Schule? Seid ihr behindert?«, frage ich und gucke erst Sanchez, dann Julius, dann Gino an.

»Ja Mann, hiermit«, antwortet Julius, er hält einen Dietrich in der Hand. »Ich schwöre, hiermit, ich komm überall rein. Tür, Auto, Keller – alles. Einfach zack, zack, wir sind drin, ja.« Julius fuchtelt mit dem Ding herum.

»Scheiß ma auf dit Ding!«, sagt Sanchez und wirft einen fetten Schlüsselbund vor sich auf den Boden. Julius starrt den Bund ehrfürchtig an.

»Ist, Dings, Schlüssel von eurer Schule?«, fragt er leise und schmeißt den Dietrich zurück in die Kiste. Sanchez zwinkert ihm nur zu.

»MIIIES!«, brüllt Julius und hüpft auf Sanchez zu. »Guckt euch den N**** an, Alter. Guckt ihn euch an, einfach! Er klaut Schlüssel von Schule, ja.«

»Krasser Typ, Sanchez. Ich bin auf jeden dabei!«, sagt Gino leise und schlägt ihm ein.

»Okay, und wie machen wir genau?«, fragt Julius.

»Na, janz easy, wir gehen nachts zur Schule, schließen auf, packen so viele Computer ein, wie wir tragen können, verstecken die irgendwo und verbimmeln die Dinger dann an irgend so 'n Technik-Ankauf-Kanaken. Der gibt uns die Kohle und fertig. Keen Hit, Alter!«, sagt Sanchez und schnipst seine Kippe aus dem Fenster.

»Ja Mann«, sagt Gino. »Ich wollt Freitag eh schwän…«

»JUUUNGS!«, rufe ich. »Was los mit euch, kommt mal klar jetz mit euerm Leben! Wir können doch nich in meine Schule einbrechen einfach, ja. Die ficken uns …«

»Loco, heul doch ma nich rum jetz! Wie soll'n die uns denn ficken? Dit is 'ne Aktion von zehn Minuten mit dem Schlüssel«, sagt Sanchez. Ich schüttle den Kopf. Bin ich der Einzige hier, der nicht komplett behindert ist?

»Wo hast du den scheiß Schlüssel überhaupt her, Alter?« Sanchez winkt ab.

»Dicker, sag du doch mal was!«, sage ich und gucke Gino an. »Du kannst doch unmöglich mitmachen bei der Scheiße, ja. Stell dir ma vor, die kriegen uns. Guck mal in 'n Spiegel, Alter! Überleg ma, was dein Vater macht, wenn dich die Bullen nach der Aktion zu Hause abliefern!« Gino steht auf.

»Red nich von mein Vater, Lukas. Ich schwör's dir!«, sagt er leise und guckt mir in die Augen.

So habe ich ihn noch nie gesehen, er sieht mich an, als würde er mich gleich töten.

»Mann ... Du weißt doch, was ich mein ...«, stammle ich. »Überleg ma, was er macht, wenn er ...«

»WAS WILL ER MACHEN DANN?«, schreit Gino plötzlich. »OHNE SPASS, LUKAS, WAS? WAS!« Er schmeißt sein Feuerzeug gegen den Schrank. »Ich schwör dir, red nie wieder von mein Vater, ja! Und wenn er rausfindet ... Scheiß drauf! Was soll er machen? Mich schlagen? Soll er doch, ja. Ich schwöre, macht er sowieso. Guck mich an, Alter, glaubst du, ich bin gestolpert? Er macht so oder so, und wenn ich dann wenigstens endlich mal Geld hab, dann fick drauf. Ich hab kein Bock mehr, rumzurennen wie der letzte Penner in irgendwelchen scheiß Klamotten, ja. Kein Bock mehr, immer keine Kohle zu haben. Ich fick so was. Ich will einfach meine Ruhe haben, ja. Ich schwör's dir! Und wenn die scheiß Computer mir dis Geld dafür bringen, dann gut, ich mach. Hör du lieber auf rumzuheulen, Lukas. Hundertpro, dass ich mitmache!« Seine Stimme überschlägt sich, er zittert.

»Ich helf Gino auf jeden Fall. Und ganz ehrlich, Lukas – zur Not auch ohne dich, ja ...«, sagt Julius, er sieht erst mich und dann Gino an.

Gino reagiert nicht und läuft in dem kleinen Zimmer auf und ab. Ich habe keine Ahnung, was ich sagen soll. Scheiße. Ich hätte nichts über seinen Vater sagen dürfen. Ich traue mich gar nicht, Gino anzugucken.

»Ach Quatsch, Mann, ey, Jungs, wir ziehen dit zusammen durch«, sagt Sanchez. »Alter, Lukas, stell dir bitte nur ma kurz vor, wie viel Geld das einfach ist: Baam: Computer: 1.000 Euro, Bildschirm: 600, Maus: 50, Tastatur: 100.« Er klatscht bei jeder Zahl seinen rechten Handrücken in die linke Hand. »Und dann rechne dit mal noch mal dreißig. Was macht dit, 50.000? Oye, wir sind reich dann. 12.000 für jeden, Alter!«

»Für jeden«, wiederholt Gino, er bleibt stehen und sieht mich an. Er steht direkt unter der Lampe in der Zimmermitte, in dem Licht sehen die Verletzungen in seinem Gesicht noch brutaler aus. Ich kann ihn gar nicht angucken.

»Mann, Lukas, wir schließen auf, nehmen die Dinger mit und hauen ab. Dauert zehn Minuten«, sagt er dann. »Und hör auf, dich von mir wegzudrehen wie so 'ne Pussy, Alter!« Er haut mir auf die Schulter und lächelt ein bisschen.

»Oyeee, gloob mir, Lukas, du brauchst eh neue Schuhe. Du brauchst neue Schuhe, du brauchst neue Shirts, Kette, allet. Und was 'n dit für 'ne Hose, die du da anhast? Dicker, wie willst 'n du so Frauen kennenlernen«, sagt Sanchez.

Alle drei gucken mich an.

»Maaann, fickt euch ma jetz, ey!«, sage ich und verkneife mir ein Lachen.

»Iiieh, wie er dabei is!«, ruft Julius, springt halb auf mich drauf und hält mir die Hand hin. Ich zögere und schlage widerwillig ein.

»Biste dabei?«, fragt Gino. Ich gucke die drei an, gucke den Schlüssel auf dem Boden an und dann noch mal Gino.

»Ja, fick drauf. Ich brauch wirklich neue Schuhe, und mein Vater gibt mir eh kein Geld«, sage ich.

»UUUUUUHHHH, das wird Dings, miiies einfach!«, ruft Julius.

KAPITEL 5

»Wo is Gino?«, flüstert Sanchez, als Julius alleine angelaufen kommt. Der schnipst seine Zigarette weg und setzt die Kapuze von seinem Hoodie ab. »Ach, Mann«, er winkt ab. »Sein scheiß Vater lässt ihn nicht raus, ja. Er wollte Dings, nur neue Anziehsachen holen und dann wieder zu mir kommen. Danach, er bekommt Hausarrest. Ohne Sinn einfach.« Er gibt sich keine Mühe, leiser zu sprechen.

»Wie Anziehsachen holen?«, frage ich.

»Er hat bei mir gewohnt die Woche, ja.«

»Also kommt er nich mehr, oder wat?«, fragt Sanchez.

»Nee, Mann! Sein Vater is Dings, größte Bastard einfach«, sagt Julius. Warum redet er so laut?

»Julius, wir müssen leise sein. Nicht, dass uns jemand hört, Mann …«

Julius schüttelt den Kopf. »Ganz ehrlich, Lukas: als ob! Wer soll uns hier ankacken? Wer? Und vor allen, wofür, ja? Wofür? Wir stehen hier und Dings, reden. Ganz normal einfach. Is nich verboten zu reden, oder?« Jetzt spricht er sogar betont laut.

Klar ist es nicht verboten, irgendwo zu stehen und zu reden. Aber wir werden gleich in meine Schule einbrechen, da muss uns vorher nicht jeder hören. Ich könnte Julius schon wieder auf die Schnauze hauen dafür. Ich will hier eh nur weg und die ganze Aktion abblasen.

Julius sieht, wie nervös ich bin. Er überlegt kurz, grinst mich an und holt tief Luft. »EYYY!«, brüllt er auf einmal in die Stille hinein. »EYYYOOOO!!!«

»PSSST«, zische ich hektisch und drehe mich in alle Richtungen. Keine Reaktion. Alles ruhig. Zum Glück.

»Siehst du: Niemand. Intressiert kein Schwanz, dass wir hier sind, Alter. Keine Panik, Lukas.« Julius verschränkt die Arme und zwinkert mir triumphierend zu. Sanchez guckt ihn böse an. Julius lacht noch einmal auf, bleibt dann aber ruhig.

Wenn keiner von uns etwas sagt, ist es totenstill. Irgendwie unheimlich. Hier ist außer der Schule nichts, wir sind mitten in einem Wohngebiet. Keine Kneipen oder Clubs oder irgendwas. Wer um die Zeit hier ist, schläft. Die Orte, an denen die Jungs aus der Gegend rumhängen, sind woanders. Eher in der Nähe von den U-Bahnhöfen, irgendwo, wo Leben ist. Nicht hier. Macht es das jetzt besser oder schlechter für uns? Wir fallen ja umso mehr auf. Es ist Samstag, mitten in der Nacht, und wir lungern hier herum – ohne offensichtlichen Grund. Schon krass verdächtig.

Zum Glück hat Sanchez vorhin die Laterne vor dem Schultor ausgetreten. Wir stehen also zumindest im Dunkeln. Die Polizei oder wer auch immer müsste schon sehr genau hingucken, um uns überhaupt zu entdecken. Wenn Julius aber noch mal so rumbrüllt, bringt uns das auch nichts.

»Jut, wir machen dit jetzt so: Ick schließ dit Tor auf,

wir laufen vorne bei den Basketballkörben lang zur Tür und gehen da dann rinn, okay?« Julius und ich nicken. Sanchez zieht ein letztes Mal an seiner Kippe, pustet aus und läuft vor.

»Ach so, Dings, falls irgendwas is, Jungs«, sagt Julius, als Sanchez gerade aufschließen will. Er hebt seinen Pullover und deutet mit dem Zeigefinger auf den Gürtel. »Ich hab Schreckschuss dabei, ja …« Er zieht eine silberglänzende Schreckschussknarre aus dem Hosenbund, zeigt sie stolz und steckt sie wieder ein.

Sein Ernst? Er hat das Ding wirklich mitgenommen. Ich dachte, als er neulich davon erzählt hatte, er würde Witze machen. Aber nein. Wie dumm kann man sein? Wenn wir erwischt werden, ist das eh schon schlimm. Wenn wir dann noch dieses Ding dabeihaben … Bewaffneter Einbruch, Hausfriedensbruch, Diebstahl. Das reicht auf jeden Fall, um im Jugendknast zu landen.

Sanchez blinzelt ungläubig und sieht noch mal genau hin.

»Dicker, bist du behindert?«, fragt er langsam. Er steckt den Schlüssel wieder ein und kommt zu uns zurück. »Loco, wat willst ’n du jetz mit ’ner Schreckschuss, Alter? Dein Ernst?! Gib her die Scheiße.« Er hält die Hand auf, damit Julius ihm die Knarre gibt. Der schüttelt den Kopf. »Auf kein Fall!«, sagt er und stülpt seinen Pullover wieder darüber.

Warum ist Julius immer so? Warum?

Julius spuckt durch die kleine Lücke zwischen seinen Schneidezähnen und richtet seine Kapuze noch mal. »Lass ma lieber Dings, los jetzt. Guck ma Lukas an, er kriegt Herzinfarkt …« Er nickt zu mir herüber und will loslaufen.

Sanchez stellt sich ihm in den Weg. »Loco, jetz ma ohne Spaß, Alter – jib her dit Ding!« Julius bleibt vor ihm stehen. Er verschränkt die Arme und macht keine Anstalten, auf Sanchez zu hören.

Sanchez bleibt noch einen Moment regungslos und wartet ab. Julius reagiert nicht. Mit einer ruckartigen Bewegung zieht Sanchez ihm ansatzlos die Schreckschuss aus dem Gürtel. Er hält sie fest in der rechten Hand und macht zwei Schritte zurück.

»Ich schwöre, gib zurück, du Opfer!«, brüllt Julius sofort und stürmt auf ihn los.

Sanchez hält die Knarre hinter seinen Rücken und versucht, Julius mit dem anderen Arm auf Abstand zu halten. Der wird immer wütender, schlägt Sanchez' Arm beiseite und versucht, ihm die Knarre aus der anderen Hand zu reißen.

»Ich schwör's dir, gib her, du Missgeburt!« Sanchez schubst ihn mit dem freien Arm und drückt seine Stirn an die von Julius. »Loco, wat Missgeburt? Übertreib ma nicht wegen deiner behinderten Knarre, Alter!«

Ich kann es nicht glauben, haben die beiden Idioten gerade nichts Besseres zu tun, als sich hier anzuschreien, damit auch wirklich jeder mitbekommt, dass wir hier rumstehen. Ich springe dazwischen und zerre die beiden auseinander.

»Alter. Fickt euch mal beide jetzt und seid ruhig, ja! Was los mit euch? Sollen wir direkt Polizei rufen? Ganz ehrlich …« Ich drehe mich zu Sanchez. Er schnauft laut durch die Nase und starrt Julius weiter an.

»Ey … Dicker … Sanchez …« Er reagiert nicht. Ich schnipse zwei Mal in sein Sichtfeld, bis ich seine Aufmerksamkeit bekomme. »Alter, scheiß drauf … Gib ihm einfach die scheiß Knarre zurück, Mann. Was soll er machen damit?« Sanchez zögert. »Dicker! Wirklich!«, sage ich noch mal.

Sanchez verdreht die Augen, sieht mich an, sieht Julius an, sieht noch mal mich an, atmet tief durch und gibt die Knarre schließlich zurück. Julius reißt sie ihm aus der Hand.

»Geht doch«, sagt er und steckt sie wieder ein. Wir schweigen. Nur das laute Schnaufen der beiden ist zu hören.

»Ich schwöre, Jungs, was regt ihr euch so auf, ja? Is für Dings, Sicherheit. Ihr werdet mir noch danken, ja. Glaubt mir!«, sagt Julius.

Sanchez schüttelt den Kopf, geht aber nicht darauf ein. Er atmet noch einmal tief ein und aus und guckt sich um. »Egal, fick drauf. Los jetzt.«

Er nickt mir noch einmal zu, dann schleicht er zum Tor. Julius und ich bringen uns in Position und beobachten ihn. Am Tor fummelt er den Schlüssel aus seiner Jackentasche. Es klimpert und klappert laut an den Gittern des Eingangs, als er aufschließen will. Der erste passt nicht. Er probiert den zweiten. Und den dritten. Auch nicht. »Pinga!«, flucht er leise. Zum vierten Mal versucht er, einen Schlüssel in das Schloss zu schieben. Er ruckelt leicht hin und her, versucht ihn zu drehen. Nichts passiert. »Mann, der passt doch, wieso kann ick die Scheiße nich drehen?« Er rüttelt weiter an dem Schlüssel herum. Es knackt.

Ist ihm gerade der Schlüssel abgebrochen? Das wäre das Beschissenste, was jetzt passieren könnte.

»Was los?«, fragt Julius. Sanchez antwortet nicht. Sein rechter Arm bewegt sich, und es klappert wieder an dem Gitter. Sieht aus, als könnte er den Schlüssel drehen. »Jackpot! Dit is er«, flüstert Sanchez. Er pfeift uns leise zu und stößt das Tor auf.

Es geht los.

Ich atme noch einmal aus und laufe hinterher. Die Laternen auf dem Hof beleuchten fast das ganze Gelände, nur wenn man direkt am Schulgebäude entlangläuft, ist man im Dunkeln.

Vor dem Seiteneingang zum siebten Jahrgang machen wir halt. Mein Herz schlägt so schnell, dass es weh tut. Was, wenn irgendjemand hier vielleicht Nachtwache hält oder irgendwelche Putzfrauen gerade am Arbeiten sind oder so? Ich war noch nie nachts in der Schule, keine Ahnung, ob hier normalerweise jemand ist oder nicht. Könnte ja auch sein, dass die hier Bewegungsmelder installiert haben, die automatisch die Polizei rufen, wenn irgendwas ist. Oder die haben Überwachungskameras. So oft, wie es hier Schlägereien und so gibt, wäre das gar nicht so dumm. Scheiße!

»Hier wolltest du rinn, Lukas?«, fragt Sanchez.

Ich nicke gedankenverloren. Wobei, vielleicht wäre es doch klüger gewesen, irgendwo anders reinzugehen. Von hier müssen wir am Hausmeisterzimmer und an den Räumen mit den Putzsachen vorbei. Wenn irgendjemand hier ist, dann laufen wir direkt an ihm vorbei. Scheiße, da hätte ich früher dran denken müssen. Noch bevor ich irgendwas sagen kann, hat Sanchez die Tür schon aufgeschlossen. Ich hole tief Luft, einfach ruhig bleiben! Ich sehe die beiden noch einmal an, keiner sagt etwas. Selbst Julius mit seiner großen Schnauze ist ruhig.

»Jut. Los!«, sagt Sanchez. Wir betreten die stockdunkle Schule. Unsere Schritte auf dem Linoleumboden hallen durch den langen Flur. Unheimlich hier. Bis auf das eintönig dumpfe Summen der ausgeschalteten Lichtröhren an den Decken ist es totenstill. Ich atme so flach wie möglich, um bloß keine Geräusche zu machen.

»Mach ma Licht, Lukas!«, nuschelt Julius. Ich setze meinen Eastpak ab und öffne den Reißverschluss – jede kleinste Bewegung kommt mir gerade übertrieben laut vor. Ich öffne den Reißverschluss so langsam und leise wie möglich und taste dann vorsichtig in meinem Rucksack herum. Ich krame die Taschenlampe von meinem Vater heraus und drücke den Knopf. Nichts passiert. Ich drücke noch mal. Und noch mal. Immer noch nichts.

»Scheiße! Ich glaub, die Batterie ist leer oder so«, flüstere ich. Ich drücke weiter an dem Ding herum, aber es ändert nichts, es bleibt dunkel.

»Is dit dein Ernst, Lukas? Sag mir nicht, dass du dit zu Hause nicht probiert hast vorher. Ma janz ehrlich, ey ...« Sanchez stößt mich an.

Wie dumm von mir. Fuck. »Ja, egal, warte, ich hab noch 'ne Lampe an meinem Handy«, flüstere ich. Ich ziehe es aus der Hosentasche. »Fuck, Mann! Scheiß Handyakku is auch leer ...«

»Was das, ja? Egal, nimm meins, ich hab noch genug.« Julius tippt auf seinem Telefon herum und macht die kleine Leuchte auf der Rückseite an. Endlich haben wir Licht. Nicht viel, aber um sich zu orientieren, reicht es. »Okay, wo lang?«, fragt Julius.

Seit knapp vier Jahren gehe ich auf diese Schule, ich kenne jeden Weg. Der Lagerraum, in dem die Computer stehen müssten, ist genau am anderen Ende des Gebäudes im Keller. Ich nehme Julius das Handy aus der Hand und laufe vor.

»Habt ihr, Dings, eigentlich den scheiß Einkaufswagen geholt?«, fragt Julius hinter mir.

»Jo, wir ham so 'n Riesending aus'm Getränkeladen gezockt«, sagt Sanchez. »Steht hinter der Schule im Gebüsch ...«

»Und dann bringen wir zu mir?«

»Ja. Aber erst ma müssen wa die Scheiße überhaupt finden und irgendwie hier rauskriegen ...«

Ich hoffe, das klappt alles. So einen Einkaufswagen über normalen Asphaltboden zu schieben ist krass viel lauter, als ich es mir vorgestellt hab. Auf dem Hinweg wurden wir von jedem komisch angeguckt, der uns entgegenkam. Hoffentlich sind nachher nicht mehr so viele Leute unterwegs.

»Aber wenn wa die erst mal haben, is der Rest keen Hit mehr. Wir schieben die Scheiße zu dir, und wenn irgendeiner Polizei ruft, hauen wir ab und verstecken uns zwischen den Blocks. Da kommen die Bullen mit ihren Autos nicht so schnell hin, und ehe die da sind, sind wa schon längst zu Hause und saufen ein ...«, sagt Sanchez.

Ich glaub da nicht dran. Wenn die Bullen das mitkriegen, sind wir gefickt.

Ich höre die Schritte der beiden hinter mir und das Brummen von der Decke. Der Lichtkegel auf dem Boden wackelt, weil ich immer noch ein bisschen zittere. Ich versuche, nur stur nach vorne zu leuchten, damit man uns nicht erkennt, falls es hier wirklich Überwachungskameras gibt.

Komisch, wie fremd und unheimlich ein so vertrauter Ort sein kann. Ich erkenne alles, weiß, dass die breite Tür auf der rechten Seite der Eingang zur Aula ist, dass Momo direkt daneben »ich will Frau Janke ficken. ich bin auch nett« an die Wand geschrieben hat. Übertrieben groß, mit rotem Edding. Aber in dem schummrigen Licht und dieser Stille hier kommt es mir vor, als wäre ich noch nie hier gewesen.

Hinter mir höre ich ein lautes Geräusch. Ein Poltern. Klang, als hätte jemand hektisch eine Tür aufgerissen oder so. Vor Schreck bleibe ich sofort wie festgefroren stehen und halte die Luft an. Was war das? Meine Hände sind so schwitzig, dass mir fast das Handy aus den Fingern rutscht. Ich traue mich gar nicht, mich umzudrehen.

»Fuck! Auaaa«, flucht Julius. Sanchez lacht los.

Ich leuchte in Richtung der beiden. Julius hält sich das Knie. »Dieses kack Teil hier …«, stöhnt er, dann haut er gegen den Glasschrank an der Wand neben ihm.

Sanchez lacht immer noch. »Achtung, Schrank!«, sagt er. »Loco, ick wusste ja, dass viel schiefgehn kann heute, aber da hab ick die Rechnung auf jeden Fall ohne den Schrank jemacht …«

»Schnauze, ja. Dings, nur wegen dir, Lukas, weil du so behindert leuchtest einfach!«, sagt Julius und reibt sein Knie.

Sanchez kriegt sich langsam wieder ein. »Achte einfach künftig mehr auf Schränke, Alter!« Er fängt wieder an zu kichern. »Klassisch in die Schranken jewiesen.«

Jetzt muss ich auch ein bisschen lachen. Julius murmelt irgendwas, ich verstehe es nicht. »Geht wieder?«, frage ich, warte aber keine Antwort ab und laufe weiter. Ich will hier raus.

»Okay, hier. Schließ mal auf, Sanchez!«, sage ich, als wir vor dem verschlossenen Lager im Keller ankommen. Sanchez stellt sich neben mich und zieht den Schlüsselbund aus seiner Jacke. Ich leuchte auf das Schlüsselloch, während er probiert, den passenden zu finden. Das laute Klimpern stresst.

»Was los?«, fragt Julius dann. Sanchez hat immer noch nicht den richtigen Schlüssel gefunden. Er brabbelt irgendwas auf Spanisch vor sich hin und versucht es weiter. »Loco«, sagt er dann und schmeißt den Schlüssel genervt auf den Boden. »Ick hab alle durch, die passen nicht!«

Das war auch zu perfekt bisher, war eigentlich klar, dass irgendwas nicht klappt. Aber warum sollten an dem Bund alle Schlüssel dran sein, nur ausgerechnet der für das Lager nicht? Vielleicht haben ja nur der Hausmeister und der Rektor den Schlüssel, damit eben nicht jeder einfach in das Lager kommt. Aber stehen da sonst überhaupt wertvolle Sachen herum? Da lagern doch nur alte scheiß Bücher und anderer Schrott, wer will das klauen? Außerdem war ich schon oft mit Lehrern hier unten, um irgendetwas zu holen. Die haben auf jeden Fall auch den Schlüssel dafür.

»Was, die passen nicht?«, sagt Julius. Er hebt den Bund auf und beugt sich runter zum Schlüsselloch. Er guckt es genau an, hält die Schlüssel ins Licht, sucht zielsicher einen heraus, sieht noch mal das Schlüsselloch an und sagt: »Ja, Mann. Der hier.« Er reicht Sanchez den Bund an einem einzelnen Schlüssel und stellt sich erwartungsvoll hinter uns beide. »Willst du mich verarschen, Alter? Ick hab doch alle probiert«, sagt Sanchez kopfschüttelnd, »ick bin doch nicht behindert.«

Julius schnalzt mit der Zunge. »Anscheinend doch. Ich schwöre, probier noch ma. Hundertpro, der is.« Sanchez zuckt mit den Schultern.

»Egal, mach!«, sage ich. Ist zwar unmöglich, mit einem kurzen Blick zu sehen, welcher der richtige Schlüssel ist, aber was bleibt uns anderes übrig?

»Mann, als ob, Alter«, murmelt Sanchez noch, probiert es dann aber.

Wir starren auf das Schlüsselloch – der Schlüssel passt. Krass. Es ist nicht mal doppelt abgeschlossen. Eine halbe Drehung reicht und das Schloss schnappt auf. Julius haut mir und Sanchez überschwänglich doll auf die Schulter. »Boom, Alter. Was alle probiert?«, ruft er. »Sag ma nich, war gut. Neuköllnknowledge, Dicker. Nich hier dein Osten, ja.«

»Dit war Zufall, Mann. Tu doch nich so«, sagt Sanchez unbeeindruckt.

»Was Zufall? Auge, Dicker. Auge«, sagt Julius. Er ist

viel zu laut vor Aufregung. Erst als Sanchez kommentarlos ins Lager vorgeht, beruhigt er sich wieder.

Ich leuchte mit dem Handy in den Raum. »Mach ma die Scheiße aus jetzt!«, sagt Julius und klatscht auf den Lichtschalter neben der Tür. Es dauert einen Moment, bis die Deckenröhren knisternd angehen. Ich halte mir die Hand vor das Gesicht – meine Augen haben sich so an die Dunkelheit gewöhnt, dass es extrem blendet. Ich schließe die Lider und sehe weißes Flimmern. Als ich sie wieder öffne, dauert es einen Moment, bis es nicht mehr weh tut und ich scharf sehe. Es sieht aus wie immer – eng und zugestellt. Mitten im Raum stehen drei riesige Stahlregale voll mit Büchern und Heften, überall auf dem Boden lagern Kisten voll Zeug, an der Wand stehen Overheadprojektoren, manche total demoliert, manche noch in Ordnung.

»Okay, wo sind die scheiß Computer?«, sagt Sanchez. »Nur Bücher, Bücher, Bücher ... Wozu stehen hier so viele Bücher, Alter?«

Es gibt in Berlin seit ein paar Jahren die Regelung, dass Schüler ihre Bücher selber kaufen müssen und nicht mehr von der Schule geliehen bekommen, weil damit immer so schlecht umgegangen wird. Wenn die Eltern Sozialhilfe oder irgendwas kriegen, bekommt man sie aber weiter von der Schule. Bei mir in der Klasse sind das alle, also hat sich für uns eigentlich überhaupt nichts geändert, außer dass man sich jetzt jede Stunde erst mal als arm outen muss.

Julius und Sanchez laufen ziellos hin und her, kramen in Kartons herum, gehen die Regale einzeln durch. Nichts.

»Fuck, Mann. Wo sind die scheiß Dinger, ja?«, fragt Julius und sieht mich an, fast ein bisschen vorwurfsvoll. »Ich schwöre Dings, die sind hier nicht. Ganze Aktion gefickt, ja …« Ich schüttle den Kopf. »Ganze Stress umsonst. Katastrophe, ja. Ich hab extra ein Mädchen abgesagt dafür. Denise. Die tanzt seit zehn Jahren, weißt du, was sie für miesen Körper hat? Aber nein, wir hängen hier grundlos in der Schule rum … Beste Abend auch …«

»Mann, unsere Schule bekommt neue Computer, wo sollen die die sonst hinpacken, wenn nicht hier? Die müssen hier irgendwo sein«, sage ich.

»Lakk, aber Dings, sind sie doch nich.« Julius zeigt wild fuchtelnd durch den Raum. Dann tritt er gegen eine Kiste und spuckt auf den Boden. Wo habe ich noch nicht geguckt? So groß, dass man mal eben dreißig PCs und Monitore übersieht, ist dieses Lager aber auch nicht. Scheiße. »Maaann, wo sind diese Hurensohncomputer!« Julius schmeißt ein Buch gegen die Wand.

»Da!«, sagt Sanchez plötzlich. Er deutet mit dem Zeigefinger nach oben. Da auf den Regalen stehen sie. Ungeöffnete Kartons mit Computern und Bildschirmen vorne drauf, bestimmt vierzig Stück. Ich merke meinen Herzschlag bis in die Fingerspitzen. Einen Moment lang stehen wir nur da und starren auf die PCs, keiner sagt etwas. Krass, unser scheiß Plan klappt. Warum gehen Menschen denn überhaupt arbeiten für ein paar Euro, wenn es so einfach ist, schnell an viel mehr Geld zu kommen. Jetzt müssen wir die nur irgendwie da runterholen, aus der Schule tragen und fertig.

»Guck ma da vorne. Diese, Dings, kleine Leiter da«,

sagt Julius, so als hätte er meine Gedanken gelesen. »Cüüüs, sind sogar Flachbildschirme, ja …«

Ohne zu antworten, hole ich den Tritt aus der Ecke, stelle ihn vor das Regal, steige drauf und gebe den Jungs einen Computer nach dem anderen nach unten. Die Bildschirme sind leicht, die Computer zwar klein, aber schwer. Sanchez und Julius nehmen mir einen nach dem anderen ab und stellen sie auf den Boden. Wie im Rausch greife ich nach den Kartons.

»Reicht, Lukas«, sagt Sanchez irgendwann.

»Wie reicht?«, antwortet Julius.

»Na reicht. Wie sollen wir dit allet transportieren? Ick würd sagen, in den Einkaufswagen passen maximal sieben Stück mit Monitoren.«

»Was sieben Stück? Dicker, zehn Minimum. Ich dachte, ihr habt Dings, so 'n großen Wagen geklärt«, Julius breitet die Arme aus.

»Ja, aber so groß nu auch wieder nich, Alter!«, sagt Sanchez.

Julius zieht skeptisch eine Augenbraue hoch und lacht kurz auf. »Sieben Stück … Zehn Minimum, ich schwör's dir.«

»Loco, besser sieben, und keiner kriegt wat mit, als zehn, und wir müssen die so offen durch die Gegend tragen, weil's nich in den scheiß Einkaufswagen passt, und wir werden von den Bullen gefickt, oder?« Sanchez gestikuliert mit beiden Armen. Julius winkt unbeeindruckt ab.

»Wie viele haben wir denn schon?«, frage ich, ehe Sanchez sich weiter aufregen kann. Ich gucke Julius an. »Acht Computer, neun Bildschirme. Wenigstens so passt noch, ich schwöre …« Ich sehe zu Sanchez, er schüttelt genervt den Kopf. »Jut, wat soll's. Mal gucken, ob's passt.« Ich nicke, Julius auch.

»Okay, dann lass so machen«, sage ich. »Ich geh schon mal in die Klasse über uns, mach Fenster auf und so, und dann tragen wir dir da durchs Fenster gleich, okay?« Die beiden stimmen zu. Ich mache das Licht auf Julius' Handy wieder an und gehe. Direkt oben an der Kellertreppe rechts ist ein kleiner Gruppenarbeitsraum, von dem die Fenster direkt zu dem kleinen Garten hinter der Schule rausgehen. Da sieht uns kein Mensch.

Ich betrete den stockdunklen Raum, leuchte mit dem Handy umher und verschaffe mir einen Überblick. Die Tische und Stühle stehen quer im Raum verteilt. Sieht ein bisschen so aus, als hätte ein Lehrer am Freitag in der letzten Stunde kurz vor Schluss gesagt, dass bitte noch alle Tische ordentlich an den Rand gestellt werden sollen, damit die Putzfrauen sauber machen können, dann hat es geklingelt, und alle sind einfach abgehauen. Auf jeden Fall scheiße, wie die gerade stehen. Wenn wir die Computer hier durchtragen und beide Hände vollhaben, darf nichts im Weg sein.

Ich lehne das Telefon auf einem Regal an die Wand, so dass es möglichst viel von dem Raum beleuchtet. Wie kann ich die Tische am klügsten räumen, damit wir genug Platz haben? Keine Lust, hier alles komplett umzubauen. Wäre auch zu laut, jetzt alles hin und her zu rücken. Ich gucke mich noch mal um. Eigentlich müsste es ja reichen, wenn wir von der Tür bis zum Fenster freie Bahn hätten. Muss ja nur so viel Platz sein, dass man nicht überall gegenrennt. Ich greife mir den ersten Tisch.

Plötzlich vibriert das Handy zweimal und knallt dann flach auf das Display. Vor Schreck lasse ich den Tisch fallen. Es poltert, und ich stehe im Dunkeln. Die Handylampe strahlt jetzt in Richtung Decke, ich sehe fast nichts mehr. Die halb abgeblätterten Poster an der Wand über dem Handy werfen lange Schatten. Wieder vibriert das Handy, und wieder zucke ich zusammen. Wer schreibt mir denn um die Zeit? Es ist Samstag, mitten in der Nacht? Können eigentlich nur Sanchez oder Julius sein. Aber was wollen die? Ist irgendwas passiert? Ist der scheiß Hausmeister doch hier? Oder ist die Polizei schon gekommen? Fuck.

Ich renne zu dem Handy, halte die Sternchen-Taste gedrückt, bis die Tastatur entsperrt ist, und öffne die Nachrichten. Dieses scheiß Teil braucht ewig, um die Nachrichten zu öffnen. Jetzt. Endlich. Die Nachrichten sind von Gino, dann ist den Jungs unten zumindest nichts passiert. Ich öffne die SMS: »geht nich mehr« steht in der ersten. »hol auf jeden fall. kein bock mehr« in der zweiten.

Hä? Was soll ich holen? Was meint er? Die automatische Tastensperre geht an, das Displaylicht erlischt. Habe ich irgendwas vergessen? Ich entsperre die Tastatur und gehe noch mal in das Nachrichtenmenü. Außer den beiden neuen Nachrichten von Gino ganz oben lese ich hier nur Denise. Wer ist Denise? Hä? Was redet Gino da, und wer zur Hölle ist Denise? Wieder geht das Display aus. Ich drücke irgendeine Taste, jetzt leuchtet der Sperrbildschirm – ein Foto von einem roten Tag auf einer weißen Wand. Julik 44. Warum is da ein Tag von Julius? Hä ... Ach krass, vergessen, das ist ja das Handy von Julius. Mein Akku war doch leer. Er hat genau dasselbe wie ich, wie eigentlich jeder andere auch: Sony Ericsson k750i halt. Jetzt ergibt das auch Sinn, zumindest das mit dieser Denise. Aber was meint Gino, was soll Julius auf jeden Fall holen? Was haben die beiden denn da Komisches am Laufen neuerdings? Wieso weiß ich davon nichts? Was soll das? Gino ist mein bester Kumpel – dachte ich zumindest. Wenn ich irgendwas habe, erzähl ich ihm das doch auch. Ich biete immer an zu helfen, wenn bei ihm wieder irgendeine Scheiße passiert. Ich hab meinem Vater schon Geld geklaut und es Gino gegeben, damit er sich was Richtiges zu essen oder Gras oder irgendwas kaufen kann.

»NICHT BEWEGEN! WAS MACHEN SIE DA?«, ruft eine laute Stimme hinter mir. Ich lasse das Handy fallen. Ich stehe regungslos da und will mich nicht umdrehen. Fuck. Ich hätte mich hier nicht reinquatschen lassen sollen. Die ganze Idee war komplett scheiße. Was sag ich meinem Vater, wenn die Bullen mich nach Hause bringen? Bisher haben wir ja noch nichts geklaut, sondern sind nur eingebrochen ... Vielleicht ist das ja noch nicht so schlimm. Oder ich erzähle, dass uns irgendwelche Leute gezwungen haben, hier einzubrechen und irgendwas für die zu holen oder so. Aber glaubt er mir das? Garantiert nicht. Fuck.

»WAS SIE DA MACHEN, HAB ICH GEFRAGT?«, fragt die Stimme wieder. »NEHMEN SIE SOFORT DIE HÄNDE HOCH!« Zögerlich hebe ich die Arme, drehe mich aber nicht um. Ich höre ein leises Kichern, dann lautes Gelächter. Diese Ficker.

Ich drehe mich und erkenne die vor Lachen gekrümmten Silhouetten von Julius und Sanchez im Türrahmen. »Ihr Opfer, Alter! Fickt euch, ja! Todeslustig, wa? Opfer!« Die beiden hören nicht auf zu lachen.

»Hey Sie, nehmen Sie sofort die Hände hohohoch!«, sagt Julius.

»Höhöhö, Mann, Alter, voll lustig ja. Für dein behinderten Witz is wenigstens dein scheiß Handy jetz kaputt!«, sage ich und hebe es vom Boden auf. Ich drücke irgendeinen Knopf – es leuchtet ganz normal. Es hat nicht mal einen Riss im Display, nichts. Wie ungerecht. Ich entsperre die Tastatur und gehe schnell aus dem Nachrichtenmenü, bevor Julius später sieht, dass ich die SMS gelesen hab.

»Was kaputt? Funktioniert doch einwandfrei«, sagt er, als er es in meinen Händen leuchten sieht, und lacht kurz auf.

»Fick dich! Anstatt so dumme Witze zu machen, helft mal lieber die scheiß Tische hier wegzuräumen. Kein Bock, das allein zu machen.«

»Alter, Lukas, janz ehrlich: wie hast'n dir dit vorgestellt? Wie soll'n wa dit da rüberkriegen?«, fragt Sanchez. Ich weiß es nicht und schweige. Bis hierher hat ja alles einigermaßen reibungslos geklappt. Wir stehen mit den Computern und Monitoren hinter der Schule und starren den Zaun an. Der ist wirklich hoch. Viel höher, als ich ihn in Erinnerung hatte. Wie sollen wir das Zeug über diese zweieinhalb Meter kriegen? Einfach drüberklettern ist ja kein Problem, das geht schon irgendwie. Aber da mal eben Computer und Bildschirme unbeschadet rüberzukriegen ...

Ich sehe Sanchez an. Er schüttelt langsam den Kopf und überlegt. Zumindest hoffe ich, dass er überlegt – und vor allem, dass ihm etwas einfällt. Ich habe nämlich keine Idee gerade. Julius sagt nichts. Ich glaube, er ist noch sauer auf uns, weil wir ihn eben so angeschnauzt haben, als er mit einem fetten Edding »Danke ihr Opfaz – Julik44« unten beim Lager an die Wand gemalt hat. In riesiger Schrift. Wie bescheuert kann man sein? Ich hoffe nur, dass sein Writername noch nicht polizeibekannt ist, sonst war es das. Und wenn wir weiter hier so rumstehen, kriegen die uns auch, spätestens, wenn es wieder hell wird. Wir müssen weg. Ich gucke wieder den Zaun an, gucke die Computer an, dann Julius und Sanchez und wieder diesen viel zu hohen scheiß Zaun. Eigentlich gibt es nur eine Möglichkeit.

»Was mit Räuberleiter?«, sage ich dann. Keine Reaktion. »Jungs? Ich mein das ernst. Entweder wir stehen noch so lange dumm rum, bis es hell wird, und werden hier gefickt, wir schleppen den Scheiß einmal quer über den Schulhof, gehen zum Haupteingang raus und werden da gefickt, oder wir machen Räuberleiter. Ganz ehrlich. Was sollen wir machen sonst?«

»Aber wat soll Räuberleiter bringen? Dann sind wa zwar hoch genug, aber die scheiß Computer sind immer noch nich drüben«, sagt Sanchez. »Ick rauch jetz erst ma ...« Er zündet die letzte Kippe aus seiner Schachtel an und rüttelt an dem Zaun herum.

»Ich hab 'ne Idee, gib mir ma so 'n Computer, Julius!«, sage ich.

»Was gib ma? Nimm dir doch ... War deine Idee, hier hinten langzugehen, ja. Ich hab gesagt, vorne raus«, sagt Julius und spuckt auf den Boden. »Und dann rumheulen, weil ich eure hässliche Schule vollmale, ja. Ich schwöre, als ob die wüssten, dass das genau heute gemacht wurde.« Er hat schon recht, die komplette Schule ist vollgemalt. Das fällt keinem auf – trotzdem unnötig.

Ich hole mir selber einen der Computer, hebe ihn an, werfe ihn ein Stück hoch und fang ihn wieder auf. Ich muss ein bisschen in die Knie gehen, um das Gewicht abzufangen.

»Fuck, wieso sind die so schwer, Alter?«, schnaufe ich. Aber gut, einen anderen Weg gibt es nicht. »Okay«, sage ich dann. »Wir machen Räuberleiter, und ich kletter rüber. Danach nimmt Julius sich einen Computer, ihr macht wieder Räuberleiter, und wenn du oben bist, Julius, hältst du ihn über den Zaun und lässt einfach fallen. Ich fang auf, damit nix kaputtgeht. und dann der nächste. Sanchez, glaubste, du kommst hier als Letzter irgendwie alleine rübergeklettert?«

Sanchez guckt mich an. Er steckt sich die Zigarette in den Mundwinkel, macht sein rechtes Auge zu, damit es vom Rauch nicht tränt, geht in die Knie und springt, so hoch er kann. Er hält sich oben an dem Zaun fest, zieht sich hoch und schwingt sein rechtes Bein nach oben. »Krieg ick hin!«, sagt er und springt wieder runter.

»Also, machen wir so?«, frage ich. Sanchez nickt. Julius zuckt mit den Schultern und nickt. Das reicht mir. »Okay, dann helft mir ma rüber!«

»Geiler Arsch, Lukas«, sagt Julius. Er lacht und klatscht mit voller Wucht drauf.

»Maaann, verpiss dich mal!«, rufe ich und bleibe stehen. Julius und Sanchez lachen mich aus.

»Ich schwöre, drei Leute klettern über ein Zaun, einer zerreißt sich dabei, Dings, seine Hose, ja. Gib zu, war Absicht, und du willst nur, dass wir dir auf'n Arsch gucken, Lukas«, sagt Julius.

Ich schüttle den Kopf. »Schieb ma lieber einer von euch Opfern. Übertrieben anstrengend die Scheiße.«

Die beiden gucken sich kurz an. »Dicker, von dem Schieben wird dein Arsch noch geiler«, sagt Sanchez lachend und übernimmt den Wagen.

Das Klappern ist mit den ganzen Computern und Bildschirmen drin noch viel lauter als ohne. Ganz Neukölln kann uns gerade hören, glaube ich. Bisher hatten wir Glück, außer zwei Alkis auf einer Bank ist uns noch niemand begegnet, aber das Schlimmste kommt erst noch. Vorne müssen wir über die große Kreuzung am Zwickauer Damm. Direkt am U-Bahnhof, an einer Spielo vorbei, in der immer irgendwelche Idioten rumhängen. Paar hundert Meter weiter die Straße runter ist auch noch eine Polizeistation …

»Ich schwöre, Erste, was ich mir hole mit den Geld, is 'ne miese Kette einfach«, sagt Julius. »Minimum 150 Gramm. Dann noch Paar neue Shox und Klamotten. Den Rest spar ich für Silvester: Vogelschreck und so. Und 'ne neue Angel. Auf jeden Fall 'ne Angel, ja …«

»'ne Angel, Loco?«, fragt Sanchez. »Wat willste denn mit 'ner Angel?«

»Angeln, Dicker!«, antwortet Julius. Sanchez schüttelt den Kopf und guckt erst Julius und dann mich ungläubig an. Ich zucke mit den Schultern.

Was mache ich eigentlich mit dem Geld? Sanchez hat bei seiner Rechnung letztens zwar auf jeden Fall übertrieben, aber 1.000 Euro für jeden sind schon realistisch. 1.000 Euro. So viel Geld. Keine Ahnung, was ich damit mache. Neue Schuhe und so bräuchte ich auf jeden Fall. Vielleicht noch eine Playstation. Wobei, zu auffällig darf das auch nicht sein, sonst fragt mein Vater, woher ich das Geld für so teures Zeug habe.

»Was machst du mit dein Geld?«, fragt Julius Sanchez.

Sanchez schiebt den Einkaufswagen und überlegt einen Moment. »Irgendwat kaufen und teurer weiterverkaufen. Klamotten oder so. Oder Gras. Irgendwat. Auf jeden Fall investieren.« Er muss laut sprechen, um den klappernden Einkaufswagen zu übertönen. »Oder ick flieg einfach nach Kuba mit meiner Mutter für paar Monate. Oye, Jungs, kommt am besten mit, ihr glaubt nich, wat da für Frauen ... Fuuuck!« Ein lautes Scheppern unterbricht ihn.

»Kacke!«

Was ist passiert? Ich gucke zu Sanchez. Vor unserem Einkaufswagen auf dem Boden liegt ein zerdellter Karton. Er ist gegen den hohen Bordstein vor ihm gefahren, dabei ist ein Computer vorneüber gefallen. Scheiße.

»Is kaputt?!«, fragt Julius sofort. Ich hebe den Karton auf. Auf der Unterseite ist er komplett eingerissen. »Keine Ahnung, der Karton auf jeden Fall«, antworte ich.

»Ick hab doch gesagt, nich so viele von den Teilen mitnehmen«, sagt Sanchez. Er mustert die Kiste in meiner Hand und winkt ab. »Dit Ding kannste vergessen. So kriegen wa den niemals verkooft. Scheiße!«

Julius schüttelt den Kopf. »Was nich so viele? Wenn du ordentlich fahren würdest, wär der auch nich kaputtgegangen. Ich schwöre, ab jetzt schieb ich«, sagt er. Er stützt sich hinten auf den Schiebegriff, bis die vorderen Räder vom Boden abheben, und manövriert den Wagen über den Bordstein.

»Was machen wir jetzt mit dem kaputten Ding?«, frage ich. Sanchez winkt ab. »Schmeiß ins Gebüsch die Scheiße. Auf keinen Fall mitnehmen ...« Ich zucke mit den Schultern und laufe damit Richtung Gebüsch.

»Warte, warte! Dings, ich mach«, sagt Julius plötzlich, reißt mir den Computer aus der Hand und schleudert ihn mit voller Wucht über das Gebüsch gegen eine Hauswand. Mit einem dumpfen Schlag donnert er dagegen. Obwohl ich es habe kommen sehen, zucke ich zusammen. »Cüüüs!«, brüllt Julius und freut sich. Dann geht er zu dem Einkaufswagen zurück und schiebt weiter, als wäre nichts gewesen.

Sanchez und ich bleiben fassungslos stehen. Was ist los mit Julius? Warum macht er immer so eine Scheiße? Erst nimmt er diese scheiß Schreckschussknarre mit, dann schreibt er seinen Namen in der Schule an die Wand, und jetzt macht er hier noch so einen Lärm. Kurz vor der großen Kreuzung, ein paar hundert Meter

Luftlinie von der Bullenstation entfernt? Irgendwann kriegen wir noch mal so krassen Ärger wegen seiner Aussetzer. Mich hat es früher schon immer genervt, dass mein Vater mir nie etwas erlaubt hat, weil mein Bruder immer irgendeine Scheiße gebaut hat.

Je näher wir der Kreuzung kommen, desto lauter wird es. Straßengeräusche und dumpfe Bässe. Bestimmt stehen bei der Spielo irgendwelche Typen um ihre Autos herum, haben Musik aufgedreht und saufen.

»Jungs, gibt's nich noch 'n andern Weg?«, sagt Sanchez. »Ick glaube, da is noch übertrieben die Action.« Er sieht uns an.

»Nee, Mann«, antwortet Julius. »Gibt nicht.« Sanchez schaut zu mir, so als würde er Julius nicht glauben. Aber leider hat er recht, es gibt keinen anderen Weg. Die einzige Möglichkeit wäre, ganz hinten am Fließ entlang durch die Einfamilienhaussiedlung zu laufen und dann die Wutzkyallee hoch. Das wäre aber mindestens dreimal so weit, und Wutzkyallee an dem Kiosk vorbei und über den Platz zu laufen ist auch nicht besser als hier. Im Gegenteil, da hängen nachts immer irgendwelche Jungs rum, der Nachwuchs von S44 und so.

»Gibt's wirklich nicht«, sage ich leise. Sanchez nickt.

Die Bässe werden lauter, jetzt höre ich auch Stimmen heraus. Klingt, als stünden da mindestens vier, fünf Leute. Ich gucke vor mir auf den Boden und sehe meinen eigenen Schatten unscharf in blauem Licht immer wieder aufblitzen. Ich höre ein Auto anrauschen. Die Umrisse meines Schattens werden schärfer, das

Rauschen wird lauter. Ich drehe mich um, eine Polizeistreife mit Blaulicht rast auf uns zu.

»Ruhig, ruhig, ruhig! Nich hingucken, ja!«, sagt Julius und dreht den Einkaufswagen langsam von der Straße weg. Das Auto ist jetzt direkt hinter uns. Auf einmal ein Stechen in meinem linken Ohr – sie haben die Sirene eingeschaltet, genau auf unserer Höhe. Ich schrecke auf und halte mir die Ohren zu. Der Wagen jault an uns vorbei auf die Kreuzung zu. Die Bremslichter gehen an, sie biegen nach rechts ab und sind weg. »Ich hab doch gesagt, Dings, ruhig bleiben, dann passiert nix!«, sagt Julius. So schnell, wie das ging, hatten wir eh keine Zeit, irgendwie zu reagieren.

»Okay, jetzt!«, sagt Sanchez und läuft zügig vor. Wir sind am Zwickauer Damm angekommen. Gerade kommt kein Auto, wir haben freie Bahn. Die vierspurige Straße ist eigentlich zu jeder Zeit vielbefahren, aber gerade ist alles ruhig. Glück gehabt, das müssen wir nutzen. Sanchez ist gleich schon auf der Mittelinsel, Julius und ich laufen ihm mit dem Einkaufswagen hinterher. Die Jungs vor der Spielothek auf der anderen Seite brüllen herum, die Musik aus der Bar daneben ist laut. Ein paar Meter weiter hängen zwei Alkis im schummrigen Licht des U-Bahnhofs auf dem Boden vor den Rolltreppen. Wir gehen am besten bei denen vorbei, die kriegen nichts mehr mit, so wie die aussehen.

»Sanchez«, rufe ich leise. »Bei den beiden Typen dann links am Bahnhof vorbei.«

Er guckt sich um und nickt. Dann dreht er sich wieder zu uns. »Macht ma hinne jetze!«

Kurz vor der Mittelinsel stützen Julius und ich uns wieder hinten auf den Griff, damit die Vorderräder nicht gegen die Erhöhung knallen. Sanchez wartet auf uns, hebt von vorne mit an und zieht den Wagen zu sich, den hinteren Teil kann man einfach hochschieben. Jetzt stehen wir mitten auf der großen Straße, der Fußgängerüberweg ist hell beleuchtet. In den Fenstern der Blocks gegenüber sind noch Lichter an, von überall kann man uns sehen.

»Okay. Rüber, bei den Suffis lang und weg«, hechle ich atemlos vor Aufregung. Zu der Musik und dem Gejaule von den Typen an der Spielo kommt jetzt noch Straßenlärm dazu, Autos rauschen direkt an uns vorbei. Ich beuge mich über den Einkaufswagen, damit man die Computer nicht direkt sieht.

»Ich schwöre, wo kommen denn auf einma die ganzen scheiß Autos her, ja?« Julius spuckt auf den Boden und schüttelt genervt den Kopf.

Auf der anderen Straßenseite rennt plötzlich ein Typ auf die Jungs zu, hält an, sagt irgendwas und rennt weiter. Zwei von ihnen stürmen sofort in die Bar, keine Sekunde später ist die Musik aus. Die letzten Autos fahren an uns vorbei, plötzlich ist es still. Was ist da los? Ich gucke Sanchez und Julius an. Sie stehen genauso ratlos da und schauen zu den Jungs rüber.

»Keine Ahnung, ja. Scheiß drauf. Lass rüber!«, sagt Julius. Ich starre immer noch die Typen auf der anderen Straßenseite an.

»WAS GUCKT IHR SO HÄSSLICH?«, brüllt einer von ihnen dann. Er meint uns. Fuck. »Schieb du ma«, murmelt Julius mir zu und dreht mir den Griff des Wagens entgegen. Perplex greife ich danach und halte mich daran fest, als würde er mich beschützen. »'PISST EUCH MA JETZ!«, ruft ein anderer.

»Okay, frei«, sagt Sanchez. »Los, rüber!« Sein Ernst? Hat er das gerade nicht mitbekommen? Wir können doch jetzt nicht vollbepackt auf diese besoffenen Psychos da zulaufen. Ich bleibe stehen. »Dicker, komm ma jetz«, sagt Sanchez und zieht mich am Ärmel nach. Widerwillig folge ich ihm mit dem Wagen über die Straße. Jetzt, wo die Musik aus ist und grad keine Autos in der Nähe sind, hallt das Klappern des Einkaufswagens laut durch die Blocks. Die Alkis am U-Bahnhof kriegen davon nichts mit, aber die Jungs stieren jetzt ununterbrochen zu uns herüber. Fünf Leute stehen da vor der Bar. Keine Ahnung, wie viele von denen da noch rumhängen. Sie sind auf jeden Fall älter als wir, ich schätze, so Anfang, Mitte zwanzig.

»IHR OPFER, LAUFT MA WOANDERS LANG MIT EUERN DING DA!«, schreit einer von ihnen. Weil wir nicht langsamer werden, stürmt er auf uns zu, seine Kumpels laufen hinterher. Irgendwer schmeißt eine Glasflasche in unsere Richtung, sie zerklirrt ein paar Meter vor mir auf dem Boden. Ich halte mir eine Hand vor das Gesicht, beinahe entgleitet mir der Wagen aus der anderen. Die nächste Flasche fliegt.

»IHR HURENSÖHNE, VERPISST EUCH!«, brüllt Julius auf einmal. Er greift sich an den Gürtel, zieht die Schreckschuss heraus, richtet sie auf die Typen und feuert los. PAH! PAH! PAH! Die Jungs werfen sich sofort schreiend auf den Boden. Das Knallen der Tür zur Spielothek und zu der Bar nebenan durchbricht die kurze

Stille. Wir stehen mitten auf der Straße, Julius hält die Knarre noch ausgestreckt vor sich. Er atmet laut ein und aus, seine Hand zittert. »NÄCHSTE MAL TREFF ICH«, schreit er dann. »VERPISST EUCH JETZ!«

Keine Sekunde später stehen die Typen auf und rennen weg. Julius schießt ihnen noch zweimal hinterher, das Echo vom letzten Knall hallt hell aus dem Bahnhofseingang zurück. Sanchez dreht sich mit aufgerissenen Augen zu mir und dann zu Julius. Er drückt den immer noch ausgestreckten Arm von Julius herunter und rennt los. »Kommt, kommt, kommt, kommt, kommt, kommt!«, ruft er. Julius wirft die Schreckschuss in den Einkaufswagen, schubst mich vom Griff weg und schiebt den Wagen Sanchez hinterher. Ich drehe mich noch einmal hilflos in alle Richtungen um und sprinte hinterher.

KAPITEL 6

»Nein, jetzt geht hier erst mal keiner auf Toilette. Ihr bleibt bitte sitzen und hört zu!«, antwortet Herr Schiezeth. Zögerlich nehme ich die Hand herunter und wische mir den kalten Schweiß von der Stirn. Der Rektor steht vor der Tafel und sieht mir ernst in die Augen, neben ihm zwei Polizisten in Uniform. War ja klar, dass unser Einbruch früher oder später auffällt, aber doch nicht so schnell. »Ich muss übertrieben pissen«, hauche ich Momo stimmlos zu. Ich muss nicht pissen, ich will nur hier raus. Es ist wieder mal unruhig in der Klasse, aber so doll, wie mein Herz schlägt, hört das bestimmt jeder. »Geh doch einfach«, sagt Momo unbeeindruckt. »Was wollen sie denn machen, ja?«

Ich kann nicht einfach so gehen. Ausgerechnet in dem Moment, wo der Rektor mit zwei Bullen bei uns auftaucht, muss ich unbedingt die Klasse verlassen? Viel zu auffällig. War eine bescheuerte Idee, überhaupt zu fragen. Die anderen scheinen sich eher zu freuen, dass grad kein Unterricht stattfindet, manche bekommen gar nicht mit, was los ist, weil sie auf dem Tisch liegen. Vielleicht sollte ich auch einfach gelangweilt tun.

»Wallah, David, Besuch für dich, ja«, ruft Osman aus der Ecke.

»So, Ruhe!«, sagt Herr Schiezeth, bevor David reagieren kann. »Das hier sind Thomas Werner und Lothar Steinfeldt von der Berliner Polizei, und sehr zu meinem Bedauern haben die Herrschaften jetzt etwas anzusagen.« Er dreht sich zu ihnen.

»Ja, äh, genau. Also, der Sachverhalt stellt sich folgendermaßen dar, dass am vergangenen Wochenende in diese Schule eingebrochen wurde«, fängt einer der Polizisten an. Warum starrt Herr Schiezeth mich so an? Weiß er irgendwas? Ich weiche seinem Blick aus und gucke auf den Boden. Ich hätte einfach zu Hause bleiben sollen, so wie Sanchez.

»Wir vermuten, dass es Samstagnacht passiert ist, und ähm, genau, es wurden Computer und Bildschirme im Wert von, ähm, im Wert von einigen tausend Euro entwendet. Den Aussagen einiger Anwohner zufolge waren es wohl drei Täter, männlich, mit schwarzen Kapuzenjacken, die das Diebesgut in einem Einkaufswagen in Richtung U-Bahnhof Zwickauer Damm transportiert haben. Wie die Täter in die Schule gekommen sind, wissen wir noch nicht.« Der Polizist sieht zu seinem Kollegen, der zuckt mit den Schultern. »Genau, und am selben Abend wurden in der Nähe des U-Bahnhofs Zwickauer Damm noch Schüsse gehört. Ob das mit dem Einbruch zusammenhängt, wissen wir bisher nicht. Es könnte aber sein, dass die Täter bewaffnet waren.«

Einen Moment lang sagt keiner etwas, es war lange nicht so ruhig in der Klasse. »Mehrere tausend Euro? Richtigen Schnapp gemacht, ja«, flüstert Momo. Ich lächle gezwungen.

»Joa, so viel erst mal«, sagt der andere Polizist. »Ach ja, ähm, wir haben die Ermittlungen aufgenommen und bitten natürlich um Mithilfe. Falls also jemand von euch irgendetwas mitbekommen hat, könnt ihr euch mit sachdienlichen Hinweisen jederzeit an die Berliner Polizei wenden. Oder, falls ihr direkt etwas wisst, könnt ihr uns das auch jetzt sagen.« Er sieht fragend in die Runde. Soll ich es einfach zugeben? Die wissen eh schon so viel, es wird nicht mehr lange dauern, bis die selber drauf kommen. Ich glaube, wenn man sich stellt, ist die Strafe nicht so hart.

Plötzlich geht ein Raunen durch die Klasse, Osman meldet sich.

»Richtiger 31er!«, ruft irgendwer. Alle gucken Osman an. »Dings«, sagt er und sieht grinsend zu mir herüber. Was ist denn mit ihm? Hat er uns gesehen? Hat er gehört, wie laut mein Herz schlägt? Er kann doch jetzt nicht einfach auf Verdacht irgendwas gegen mich sagen.

»Ja, ey, Lukas durfte zwar nich, aber kann ich ma auf Toilette gehen? Is wirklich dringend, ja«, sagt er. Alle lachen. Ich atme durch.

»Wie heißt du?«, geht Herr Schiezeth dazwischen. »Wie du heißt, hab ich gefragt?« Osman antwortet nicht. Herr Schiezeth atmet laut durch. »Das darf doch alles nicht wahr sein hier. Also, ich sag jetzt mal was.« Seine Stimme überschlägt sich. »Ich hab mir den Arsch aufgerissen, damit unsere Schule hier endlich mal mit zeitgemäßer Technik ausgestattet wird. Hab mich mit Tausenden Ämtern und diesen ganzen Schwachmaten vom Bildungssenat hingesetzt, hab sogar zugestimmt, dass diese Pressefuzzis hier filmen dürfen, nur damit unser geliebter Bürgermeister seine scheiß Werbung bekommt. Und ihr habt nichts Besseres zu tun, als hier einzubrechen? Ich hab den Zeitungs- und Fernsehleuten extra gesagt, dass das mit der neuen Ausstattung bitte erst heute veröffentlicht werden soll, damit niemand auf dumme Ideen kommt und versucht, die Computer zu klauen. Keiner außer euch wusste davon, es müssen also Schüler dieser Schule etwas damit zu tun haben. Und ich Idiot dachte, meine Schüler würden sich freuen, endlich an richtigen PCs ausgebildet zu werden. Aber nein, ich habe mich mal wieder geirrt.« Er haut mit der Faust auf den Lehrertisch und reißt die Augen auf, fast sieht es aus, als würde er gleich anfangen vor Wut zu heulen. Er tut mir leid.

»Und ich verspreche euch eins, wir werden diese Leute finden und sie bestrafen. Und zwar alle. Auch die, die nur am Rande damit zu tun hatten oder davon wussten und nicht zur Aufklärung beigetragen haben. Alle. Mein Ehrenwort drauf!« Drohend lässt er seinen Blick durch die Klasse schweifen. Dann nickt er den Polizisten zu. Gemeinsam verlassen sie den Raum. Die Tür knallt, die Zugluft reißt ein paar an die Wand gepinnte Blätter herunter. Stille.

»Ähm, okay, das, äh, kam jetzt auch für mich überraschend«, sagt unsere Klassenlehrerin. »Ich würde sagen, wir warten mal ab, wie sich das entwickelt, und machen erst mal mit dem Unterricht weiter. Ach ja, erst Lukas, dann Osman, ihr könnt jetzt schnell mal auf die Toilette huschen. Ich denke, nach der Nachricht gerade müssen wir alle erst mal kurz durchatmen.«Sie nickt mir lächelnd zu. Ich stehe gedankenverloren auf und gehe. Ich hoffe, man sieht nicht, wie wackelig meine Schritte sich anfühlen.

»Alles klar, dann hau rein, Lukas«, sagt Momo und gibt mir die Hand. Ich nicke ihm zu und laufe los in Richtung U-Bahn, er wartet noch auf irgendein Mädchen. »Ach und Dings«, ruft er mir nach. »Wenn du das warst mit den Computern, wallah, gib ma was ab, ja!« Er lächelt. Ich nicke noch mal, diesmal ein bisschen zu doll, und laufe weiter. Wieso hat er das jetzt gesagt? Wissen alle schon Bescheid? Herr Schiezeth, Osman, Momo? Was sollen diese Blicke und Anspielungen die ganze Zeit? Ich muss unbedingt mit Sanchez reden. Keine Ahnung, warum er und Julius sich bisher nicht gemeldet haben. Mein Guthaben reicht nicht mal mehr zum Anklingeln, ich muss warten, bis von denen was kommt. Vielleicht gehe ich einfach gleich mal bei Sanchez klingeln, er müsste ja zu Hause sein.

Komisch, wie normal und vertraut mir der Weg zum Zwickauer Damm bei Tageslicht wieder vorkommt. Genau hier sind wir Samstagnacht entlanggelaufen, aber da war das alles fremd. Viel länger als sonst, sah irgendwie anders aus. Ungefähr hier, auf dieser Höhe kam der Bullenwagen von hinten angerast. Mir läuft kalter Schweiß die Stirn herunter, und mein Herz rast. An der Hauswand rechts ist eine richtige Delle im Putz von dem Computer. Julius, dieser Idiot. Warum hat er den Karton nicht einfach in das Gebüsch da geworfen? Sieht man den zertrümmerten Computer eigentlich? Ich laufe zum Gebüsch, stelle mich auf die Zehenspitzen und suche die Wiese vor dem Haus ab – nichts. Zumindest nicht auf den ersten Blick. Vielleicht hat die BSR das schon weggeräumt oder irgendwelche Penner, die versuchen, die Einzelteile zu verkaufen oder gegen Schnaps zu tauschen. Auf jeden Fall besser so.

Plötzlich vibriert mein Handy, das müssen Sanchez oder Julius sein. Endlich. Ich ziehe es aus der Hosentasche und schaue auf das Display. Unbekannter Teilnehmer. Hä, wer ruft mich denn mit unterdrückter Nummer an? Die Bullen? Haben die meine Nummer, weil sie die andern schon erwischt haben oder so? Schon komisch, dass sich bisher noch keiner gemeldet hat, und eigentlich meinte Sanchez am Samstag auch, dass er am Montag auf jeden Fall in die Schule kommen wollte, weil das sonst zu auffällig wäre. Das Handy vibriert in meiner Hand weiter, ich starre es an. Vielleicht ist es aber auch Sanchez oder Julius aus einer Telefonzelle, weil sie auch kein Geld mehr draufhaben? Fuck, keine Ahnung. Ich drücke langsam auf den grünen Hörer. »Ja, hallo?«, sage ich zögerlich. Zu spät, aufgelegt. Einen Moment höre ich dem Besetztzeichen zu, dann lege ich auf.

Ich atme tief durch, krame meinen MP3-Player aus der Tasche meiner Kapuzenjacke, die ich über die Schulter gehängt hab, und laufe weiter. Ich stopfe die Jacke in meinen Rucksack und fummel die Kopfhörer auseinander. Wie können die jedes Mal so verheddert sein, ich hab sie doch ordentlich zusammengerollt in der Tasche gehabt. Wieder vibriert mein Handy, wieder unterdrückte Nummer. Dieses Mal gehe ich direkt ran. »Hallo?«, sage ich lauter, als ich wollte.

»Ja, hallo.« Der Empfang ist schlecht, es rauscht.

»Wer is da?«, frage ich.

»Wie wer is hier? Dein Bruder is hier. Was 'n los, was bist du so hektisch ja?«, sagt Marco. Ich halte das Handy kurz von mir weg, atme tief ein und aus und gehe wieder ran.

»Was denn hektisch, wieso rufst du denn mit unterdrückter Nummer an?«

»Is noch unterdrückt? Ich dachte, ich hätte schon geändert, ja. Musste vorhin paar Telefonate führen, du weißt.« Er lacht.

»Jaja«, sage ich.

»Ja Dings, was geht, Bruderherz, alles klar?«

»Ja, alles okay, Montag halt. Hab grad Schluss und lauf zur U-Bahn.«

»Warste in Schule bis eben? Dicker, genau deswegen ruf ich an. Ich hab gehört, dass irgendwelche Opfer bei euch eingebrochen sind und irgendwie Computer geklaut haben, oder so. War das bei euch?«

Ich schlucke. Wieso ist das schon wieder so schnell bei ihm angekommen, er wohnt doch in Moabit?

»Ach so, ja, das war bei meiner Schule. Aber mehr weiß ich auch nicht. Vorhin waren nur Bullen in der Klasse und haben das kurz erzählt, hab aber nich richtig zugehört …«

»Hahaha, was für Opfer, ja.« Marco lacht laut in den Hörer.

»Wer, die Bullen?«, frage ich.

»Hää, nee, Mann, diese Typen, ja …«

»Wieso, was meinst du?«

»Na ey, sind die behindert? Du kannst doch nich irgendwelche Computer aus der Schule klauen, ja. Ganz ehrlich, wir hätten früher auch gemacht, sofort, aber doch nich heutzutage.« Er lacht immer noch ungläubig.

»Was denn der Unterschied?«

»Na, Dicker, die sind registriert, ja. Die findet man sofort wieder.«

»Wie registriert?«

»Dicker, heutzutage sind die alle mit 'nem Code registriert. Dauert nich lange, und die werden gefunden. Vor allem kauft die denen kein Schwanz ab, ja. Weißt doch, wenn da paar Jugendliche kommen zu so'm Technik-Kanaken mit 'nem Handy oder so, weiß er auch, dass das geklaut is, aber 'n Handy kriegste schnell verkauft. Aber so ,nen Stapel geklaute Computer? Die werden das auch irgendwo lesen mit dem Einbruch. Viel zu heiß, die Scheiße zu kaufen.« Er lacht in den Hörer. »Richtige Opfer, ja ... Nullaktion, ich schwör's dir.«

»Ah, okay ...«, stammle ich atemlos. Daran habe ich überhaupt nicht gedacht. Ich mache mir die ganze Zeit Gedanken, wegen Überwachungskameras und Bewegungsmeldern. Daran, dass die Computer an sich irgendwie gesichert oder markiert sind, habe ich gar nicht gedacht. Scheiße.

»Weißt du denn, wer das war?«, fragt Marco. »Bestimmt irgendwelche kleinen Kekos von deiner Schule, wa?«

»Nee, keine Ahnung. Wie gesagt, die Bullen waren vorhin nur kurz da und haben das erzählt. Die haben um Tipps und so gebeten. Glaube nicht, dass die schon wissen, wer es war ...«

»Dicker, die Bullen wissen das eh als Letzte, die ham keine Ahnung, ja. Aber Dings, irgendwelche Kanaks wissen hundertpro schon Bescheid. Ich ruf gleich mal paar Leute an, die wissen bestimmt.«

»Ja, sag ma Bescheid auf jeden Fall, ich muss jetzt eh runter zur U-Bahn. Da hab ich kein Empfang mehr.«

»Sowieso. Wollt nur kurz hören, ob das bei euch war. Pass auf dich, Lukas.«

»Ich pass immer auf.«

»Ja und mach keine Scheiße, ja. Du weißt, ich find das eh raus.« Er lacht auf.

»Mach du keine Scheiße. Wer von uns is denn von zwei Schulen geflogen?«, sage ich und zwinge mich auch zu einem Lachen.

»Jaja, du weißt schon, was ich meine. Und was ich so mitbekomme, is heutzutage auch auf jeden Fall schlimmer als früher, ja. Andauernd, ja, abgestochen hier, kaputtgeschlagen da. Abgezogen, Massenschlägerei, Drogen … Katastrophe, was bei euch los is grad. Die ganzen Kanaken drehen völlig frei. Grade die in deinem Alter. Ich schwör's dir, Moabit ist Urlaub dagegen.«

»Kann ich nich beurteilen.«

»Na, sag ma nich, is schlimmer geworden als früher?«

»Ja, stimmt schon … Aber egal, ich pass schon auf.«

»Ja, und wenn trotzdem was is, egal was, ruf an, okay? Ich komm aber auch bald mal vorbei wieder. Matze meckert schon, weil ich mich blicken lassen sollte. Letztes Mal, Dings, war ja auch nur so kurz. Kennst ihn ja …«

»Okay, alles klar. Dann hau rein, Marco.«

»Du auch, Dicker. Hade, tschüss!« Ich stecke mein Handy wieder ein und laufe die Treppen zur U-Bahn unter.

»Lukas?«, ruft mein Vater aus dem Wohnzimmer, als ich die Wohnungstür hinter mir zuziehe. »Ja, ich bin da«, sage ich leise. Wonach riecht es denn hier? Irgendwie verbrannt oder so. Mir ist die ganze Zeit schon so flau im Magen, bei dem Geruch wird mir schlecht. »Lukas?«, ruft er wieder. Ich schüttle den Kopf und laufe ins Wohnzimmer. »Hi Papa«, sage ich, sehe ihn an und versuche zu lächeln. Er lächelt nicht zurück. Er sieht ernst aus, oder sauer oder besorgt – auf jeden Fall nicht, als hätte er gute Laune.

Die Tür zum Balkon steht offen, ich gehe raus, räume einen der Stühle frei und setze mich hin. Mein Vater kommt hinterher und stellt sich neben mich. Er atmet tief ein und schaut mich von der Seite an. Ich sehe das aus dem Augenwinkel, reagiere aber nicht. Was hat er denn, ist irgendwas passiert? Ich hole mein Handy aus der Tasche. Immer noch nichts von Sanchez oder Julius. Warum meldet sich denn keiner? Ich stecke es kopfschüttelnd wieder ein. Mein Vater schnauft noch einmal laut.

»Ist alles okay, Papa?«, frage ich. Er sieht mich an, als würde er warten, bis ich anfange, irgendetwas zu erzählen. Warum guckt er denn so? Er geht an die Schublade mit den Zigaretten und steckt sich eine Kippe in den Mund, zündet sie aber nicht an. Eigentlich wollte er aufhören zu rauchen, ich weiß aber, dass er nicht durchgehalten hat. Als ich ihm gestern Kippen geklaut habe, lagen da neue Schachteln.

»Wolltest du nicht aufhören?«, frage ich.

»Ich hör morgen auf ...« Er zündet die Zigarette an und nimmt einen tiefen Zug. »Was ist denn bei euch auf der Schule schon wieder los gewesen?«, fragt er. Ich zucke mit den Schultern. Woher weiß er jetzt schon davon, hat er mit Marco telefoniert?

Er sieht mich an, aber ich sage nichts.

»Hallo? Ich hab eben gelesen, dass irgendwelche Idioten da eingebrochen sind und neue Computer oder so geklaut haben. Steht überall in den Nachrichten. Müssen die euch doch erzählt haben, oder?« Wieder zieht er an der Kippe. »Die spinnen doch alle, ey ...«

In den Nachrichten? Jetzt schon? Wieso denn jetzt schon, das war doch erst vorgestern. Wenn hier irgendwelche Leute abgestochen oder Ticker hochgenommen werden oder es irgendwelche Massenschlägereien gab, steht das nie in der Zeitung. Schon gar nicht so schnell. Kaum geht es nicht um irgendwelche normalen Leute, sondern um Geld von der Stadt, weiß einen Tag später ganz Berlin Bescheid. Scheiße. Ich fange schon wieder an zu schwitzen. Mein Vater starrt mich an, als würde er eine Erklärung erwarten, aber was soll ich ihm bitte sagen? Soll ich ihm einfach direkt erzählen, dass ich das war? Bevor die Polizei uns kriegt und er es von denen oder aus der Zeitung erfährt? Kann ja nicht mehr lange dauern, bis die uns finden, so krass, wie die da hinterher sind.

Ich stehe auf, atme tief ein und lehne mich über die Balkonbrüstung. Die Sonne knallt mir ins Gesicht.

Ich wische mir den Schweiß von der Stirn und starre auf die Blocks gegenüber. Sieht aus, als würde es dort brennen, aber wahrscheinlich grillt nur jemand auf seinem kleinen Balkon. »Was 'n da drüben los?«, frage ich und deute auf die Rauchschwaden.

»Ist mir egal, was da drüben los ist«, sagt mein Vater. Er schaut kurz genervt über die Brüstung und sieht dann wieder mich an. »Irgendwelche Idioten grillen oder so. Ist doch scheißegal jetzt. Ich will bitte wissen, was da in deiner Schule los war. Die müssen euch doch irgendwas gesagt haben! In der Zeitung stand, dass wohl ein paar Leute eingebrochen sind, randaliert haben und neue Computer geklaut haben. Wahrscheinlich sogar Schüler von eurer Schule ...«

Randaliert? Hä, wir haben nicht randaliert. Was Julius gemalt hat, kann neben dem ganzen anderen Scheiß an den Wänden nicht aufgefallen sein. Warum übertreiben die so? Wollen die da jetzt so eine Story draus machen, von wegen dass die Schule vorher perfekt war und nach dem Einbruch plötzlich alles kaputt und scheiße ist?

»Mann, keine Ahnung, Papa. Was soll ich dazu sagen? Mehr weiß ich auch nich ... Irgendwelche Leute sind halt eingebrochen und haben Computer geklaut anscheinend«, sage ich bemüht unbeeindruckt. »Bei mir auf der Schule wird andauernd was geklaut, oder Leute werden verprügelt oder abgezogen. Warum is genau das jetz so interessant auf einmal? Jeden Tag passiert irgend'ne Scheiße, und keinen intressiert's. Und von Randale haben die Bullen vorhin überhaupt nichts erzählt ...« Eine Brise kühlt den Schweiß auf meiner

Stirn und weht mir den Rauch von gegenüber direkt ins Gesicht. Ich huste.

»Was denn für Bullen? Warum denn Bullen, Lukas? Das sind Polizisten, die machen auch nur ihren Job.« Mein Vater wedelt den Grillrauch weg und drückt seine Kippe auf dem Geländer aus.

»Wie was für Bullen? Es waren halt irgendwelche Polizisten mit dem Direktor vorhin in unserer Klasse, haben kurz erzählt, dass irgendwas passiert ist, wollten, dass wir uns melden, wenn wir irgendwas mitbekommen haben, und fertig. Mehr war nicht, und mehr weiß ich auch nicht. Woher auch? Ich wusste nicht mal, dass das so 'n großes Ding ist.« Ich drehe mich zu ihm. »Warum intressiert dich das so?«

»Weil es doch nicht sein kann, dass da irgendwelche Vollidioten einbrechen und eure neuen Computer klauen. Die spinnen doch alle ...«, sagt er.

»Hast du überhaupt gehört, was ich eben gesagt hab? Jeden Tag is Schlägerei auf der Schule, jeder scheiß Kanake kommt mit Messer in die Schule, warum regst du dich da nicht drüber auf?«

Mein Vater sieht aus, als wüsste er nicht, was er sagen soll, als würde er mir nicht glauben.

»Mann, hör auf mit diesem Marco-Gangstergequatsche, ey. Ich kann's nicht mehr hören. Ich bin selber hier aufgewachsen, ich weiß, was hier los ist. Diese ganze Bushido-›Ey, isch stech dich ab‘- und ›Motherfucker‘-Scheiße immer ...«

Oh Mann, ich drehe mich sofort um und gehe zurück ins Wohnzimmer. Ich hasse es. Wie kann man so blind und ignorant sein? Jedes Mal, wenn ich ihm erzähle, was hier in der Gegend oder in der Schule los ist, tut er, als ob ich mir die Scheiße ausdenke. Das hat er bei Marco auch immer gemacht, wenn der mal wieder auf die Fresse bekommen hat oder so. Deswegen haben die beiden sich nur gestritten.

»Warum sollte ich mir so was ausdenken? Nur weil hier früher, als du jung warst, nur irgendwelche Opfer gewohnt haben und alles friedlich war? Ganz ehrlich, scheiß auf diese Computer. Wenn sie jetz nicht geklaut worden wären, wären spätestens nächste Woche!«

Mein Vater kommt mir hinterher ins Wohnzimmer gestürmt.

»Opfer ... Scheiß drauf ... Wie redest du denn, Lukas? Seit wann findest du so was cool?« Ich winke ab. Er braucht sich nicht zu wundern, dass ich ihm nie irgendwas erzähle, so wie er immer reagiert. Ab jetzt sage ich ihm gar nichts mehr. Soll er doch weiter denken, hier wäre alles gut. Ausrasten wird er so oder so, ist mir scheißegal.

»Ach ja, die Bullen haben vorhin noch was von ’ner Schießerei am Zwickauer Damm erzählt«, sage ich. »Stand in der Zeitung, oder hab ich mir das auch nur ausgedacht?«

»Was soll das, Lukas? Wieso nimmst du diese Leute in Schutz? Warum kann man nicht mehr normal mit dir reden?«, schreit er.

Ich nehme meinen Rucksack, gehe Richtung Flur, drehe mich noch einmal um und laufe zurück. »Mit mir? Mit mir kann man nich normal reden? Mit dir kann man nich reden. Mit dir kann man nich reden, weil du in deiner komischen heilen Katrinscheißwelt lebst und nichts Besseres zu tun hast, als dich über irgendwelche scheiß Computer aufzuregen, anstatt uns mal zuzuhören! Ich fick auf diese Computer!«

Mit voller Wucht schlägt er die flache Hand auf den Wohnzimmertisch, zwei Gläser fallen um. »HAU AB!«, brüllt er.

»Hau ab!«, äffe ich ihn nach und gehe. Jedes Mal dieselbe Scheiße.

»Klingel ma Julius an, ich hab kein Guthaben mehr«, sage ich. Sanchez nickt und tippt auf seinem Handy herum. Eine Minute später ruft er zurück.

»Julius, wat läuft? Ja, ja ... Okay ... Ja ... Hää, Loco, sowieso ... Warte, ich frag ihn ...« Sanchez nimmt den Hörer vom Ohr und sieht mich an. »Julius fragt, ob wir uns irgendwo draußen treffen wollen und besprechen, wie wa weitermachen.«

»Wieso draußen? Können wir nich zu ihm einfach?«, frage ich.

»Sein Bruder macht irgendwie Faxen oder so.« Ich zucke mit den Schultern, Sanchez hält sich das Handy wieder ans Ohr.

»Draußen besprechen is kacke«, sage ich. »Viel zu auffällig ...« Sanchez reagiert nicht.

»Jut, allet klar. Dann sind wa in zehn Minuten da ... Jo ... Hau rinn ...« Sanchez legt auf und nickt mir zu. »Wir treffen uns in zehn Minuten bei ihm im Hof. Ick hol noch kurz meine Kippen und wat zu trinken, dann könn wa los.« Jetzt gehen wir doch raus? Wie behindert ist das denn? Ich muss den beiden gleich erst mal erzählen, dass die Bullen heute bei uns in der Schule waren, dass der Einbruch schon in der Zeitung steht und dass Marco meinte, dass die PCs markiert sind. Wir müssen die so schnell wie möglich loswerden oder zumindest irgendwo verstecken oder so. Bei Julius im Zimmer ist scheiße.

Hoffentlich hat Marco übertrieben. Irgendein Technik-An- und -Verkauf-Typ wird uns die ja wohl abkaufen. Ich kann mir eigentlich nicht vorstellen, dass die irgendwelche Fragen stellen, und schon gar nicht, dass die deutsche Zeitungen lesen. Außerdem kaufen die auch sonst jeden Scheiß, da fragt nie jemand nach. Sanchez kommt zurück ins Zimmer. »Jut, Angriff!«

»Egal, dann mach ich in der Hand«, sagt Julius, weil keiner von uns einen Flyer oder Papier für die Mische dabeihat. Mit der rechten Hand bröselt er das Gras in seine linke und zerkleinert es weiter. Er zieht die Kippe hinter seinem Ohr hervor, hält sie über die Hand mit dem Gras und dreht den Tabak dazu.

»Dings, bau ma einer schon ma Tipp!«, sagt er. Sanchez reißt ein Stück aus dem Deckel seiner Kippenpackung, kokelt die Ränder glatt, faltet und dreht die Pappe, steckt sich den fertigen Tipp einmal in den Mund, zieht, sagt »optimal« und reicht ihn Julius. Dann sieht er mich an.

»Dicker, Alter. Du machst mich wahnsinnig mit deiner Paranoia. Hier is keiner. Setz dich ma hin und guck nich so auffällig durch die Gegend, Mann! Wir drehen nur 'ne Tüte, dit intressiert niemanden.« Das Kiffen ist gerade echt unser kleinstes Problem. Verstehen die beiden nicht, dass wir in dieser Konstellation vorgestern, keine zehn Minuten von hier entfernt, eingebrochen sind, dass die ganze Stadt nach uns sucht?

»Ja, Mann, chill ma, Lukas. Wir rauchen jetz ein, dann kannst du erzählen, was du vorhin meintest.« Julius streuselt die Mische in das Paper in Sanchez' Hand.

»Mann, scheiß ma auf Kiffen jetz. Darum geht's nicht.« Ich stehe wieder auf. Hier unter dem Baum im Hof sieht man uns aus den Häusern drum herum zwar nicht, aber jeder, der hier langläuft, sieht uns sofort.

»Worum denn dann?«, fragt Sanchez. Er dreht die Tüte oben zu und klopft sie auf seinen Daumennagel.

Ich atme durch. »Jungs, Mann, ey. In der Schule heute waren Bullen. Die sind mit dem Rektor durch jede scheiß Klasse gelaufen und haben erzählt, dass eingebrochen wurde. Die wussten alles. Die wussten, dass es Leute von der Schule gewesen sein müssen, dass wir zu dritt waren, dass wir schwarze Kapuzenjacken anhatten, dass die Computer in 'nem Einkaufswagen Richtung Zwicke transportiert wurden. Mann, die wussten sogar, dass wir am Zwickauer Damm mit der scheiß Schreckschuss rumgeballert haben. Die wissen alles. Mein Vater wusste auch direkt Bescheid, weil es in allen scheiß Nachrichten und Zeitungen war. Selbst Marco hat mich angerufen, weil er über irgendwelche Leute von dem Einbruch gehört hat. Er wohnt in Moabit, Alter. Und er hat's nicht aus den Nachrichten, sondern von irgendwem, keine Ahnung. Die ganze Stadt weiß Bescheid. Und wir stehen hier am helllichten Tag zu dritt herum, direkt um die Ecke, und ihr wollt kiffen? Seid ihr behindert?«

Sanchez gibt Julius die Tüte, beide starren mich an. Julius zieht, behält den Rauch in der Lunge und pustet aus. »Dings, im U-Bahn-Fernsehen hab ich auch gelesen«, sagt er und hustet. Er weiß davon? Er weiß, dass das in den Nachrichten ist? Sein Ernst? »Lukas, komm ma klar jetz, ich schwöre! Lass sie doch alle Panik machen. Spätestens morgen haben wir alles verkauft und keiner kann mehr was nachweisen, ja.«

Ich schüttle den Kopf.

»Guck ma, wenn eure Schule Kameras oder so hätte, dann wüssten die doch schon längst Bescheid. Ham sie aber nich, sonst könnten wir hier gar nicht, Dings, rumhängen. Heißt, die ham nix, ja. Nix. Und wenn die Computer dann morgen verkauft sind – vorbei!« Sanchez nickt. »Chill ma, zieh ma einfach ...« Julius hält mir den Joint hin. Ich gucke mich um, niemand in der Nähe. Ich nehme die Tüte und ziehe.

»So bist du, mein N****! Dicker, dit wird allet«, sagt Sanchez und haut mir auf die Schulter.

»Marco meinte, neue Computer heutzutage sind alle markiert und dass man die über irgend'nen Code oder so was suchen kann. Grad bei so offiziellen Sachen.« Ich schaue die beiden halb fett, halb verzweifelt an.

»Dein Ernst grad?« Julius hört schlagartig auf zu grinsen.

»Keine Ahnung, hat Marco erzählt«, sage ich.

»Wer is denn überhaupt Marco?«, fragt Sanchez.

»Sein Bruder ... Der weiß so was schon, ja. Der hat viel so Sachen gemacht früher.« Julius wendet sich wieder mir zu und starrt mich mit seinen roten Augen an. »Dings, die stehn bei mir zu Hause, ja. Mein Bruder tötet mich, wenn die Bullen deswegen kommen und dann noch sein Gras und so finden. Ich schwöre!« So panisch habe ich Julius noch nie gesehen. Was ist denn auf einmal los mit ihm?

»Ja, jut, dann müssen wa die heut noch irgendwie loswerden.« Sanchez guckt auf sein Handy. »Is jetz 17 Uhr gleich. Wie lang ham diese Technik-Alis offen?«

»Heute kannste vergessen. Ehe wir irgendwo Sonnenallee oder so sind, is zu spät, ja«, sagt Julius. »Lass morgen alle auf Schule scheißen einfach und direkt um acht losgehen, ja. Jeder einen in 'ne Sporttasche ...«

Ich nicke, Sanchez nickt. »Allet klar! Aber sollen wa die noch irgendwo anders lagern über Nacht, oder wie? Nich, dass die Bullen noch kommen?« Er sieht uns an. Julius zuckt mit den Schultern, nimmt einen letzten Zug und schnipst den Stummel weg.

»Iiieh, guck ma, wer da so besoffen langtorkelt«, sagt er dann. Ich folge seinem Blick. Ginos Vater. Er stolpert alleine vor den Blocks gegenüber entlang, wahrscheinlich läuft er grad nach Hause.

»Wer is dit?«, fragt Sanchez.

»Ginos Vater«, sage ich.

»Dit is Ginos Vater? Au weia ...«

»Ich schwöre, so ein Hurensohn, ja. Wenn ich Messer dabeihätte, ich schwöre, ich würd ihn abstechen jetz.« Julius spuckt auf den Boden. »VERPISS DICH MA, SCHEISS ALKI, ALTER!«, brüllt er plötzlich. Ginos Vater reagiert nicht. Julius schüttelt den Kopf und wirft sein Feuerzeug in seine Richtung. »Hundesohn ...«

»Hat sich Gino eigentlich noch ma gemeldet?«, fragt Sanchez.

Julius sieht mich an, dann ihn. »Seit er Hausarrest bekommen hat, nich, ja ...« Julius dreht sich weg. Warum lügt er? Was ist mit Ginos SMS von Samstagnacht? Warum erzählt er das nicht? Soll ich was sagen? Nee, was soll das bringen, Julius wird es eh nicht zugeben, außerdem weiß er dann, dass ich seine Nachrichten gelesen hab. Ich hasse das.

»Wat is eigentlich mit deinen Eltern?«, fragt Sanchez.

»Mit meinen?«, sagt Julius und spuckt wieder. »Was für Eltern, Mann. Scheiß ma auf die, ja!«

KAPITEL 7

»Nein!«

»Wie nein! Dings, Mann, drei Stück mit Bildschirmen für 1.500 … Das sind Flachbildschirme, ja. Weißt du, was das für guter Preis is überhaupt? Kannste locker fürs Doppelte verkaufen … Ich schwöre, wir sind nett grad zu dir, ja«, sagt Julius. Er sieht fragend zu mir und Sanchez. Der fette Typ hinter dem Tresen in dem Elektro-An- und -Verkauf schüttelt genervt den Kopf und ruft irgendwas auf Türkisch in das kleine Zimmer hinter sich. »Okay, wie viel würdest du uns geben dafür?«, fragt Julius. Der Typ zündet sich wortlos eine Zigarette an und tippt abwesend auf seinem Handy herum. Julius starrt ihn weiter an, wartet auf eine Antwort. Keine Reaktion. Julius beginnt, wild vor seinem Gesicht mit den Armen rumzufuchteln.

»Dein Ernst? Hallooo?« Immer noch keine Reaktion. Julius macht einen Schritt auf den Tresen zu. »Haaall....«

Sanchez packt ihn an der Schulter. »Dicker, scheiß drauf! Wenn er kein Bock hat auf'n gutes Geschäft, hat er kein Bock.« Er packt den Computer vom Tresen zurück in seine Sporttasche und zieht Julius zu sich. Der Mann hinter dem Tresen wischt sich den Schweiß von der Stirn und brabbelt irgendetwas vor sich hin.

»Ich schwöre, übertrieben respektlos so was«, sagt Julius. Er dreht sich wieder zu dem Typen. »Was dein Problem, ja? Dass ich Deutscher bin? Ich hab nett dir ein Angebot gemacht, kein Grund, so unfreundlich zu sein.« Der Mann schaut kurz von seinem Handy auf, sagt aber nichts. Julius wartet kurz, winkt ab und spuckt vor sich auf den Boden.

»HÄÄYT!«, brüllt der alte Mann plötzlich und knallt seine linke Faust mit voller Wucht auf den Tresen. Ich zucke vor Schreck zusammen, die anderen auch. »SIKTIR LAN ESEK OGLU ESEK! VERPISST EUCH!«, brüllt er und kommt auf uns zu. Aus dem kleinen Zimmer höre ich Geräusche, drei jüngere Männer stürmen heraus, der eine hat einen Baseballschläger in der Hand.

»Weg, weg, weg, weg!«, schreit Sanchez mit aufgerissenen Augen und greift nach der Sporttasche neben sich. Ich halte die Träger von meinem Rucksack fest und sprinte ihm und Julius hinterher. Draußen vor dem Laden knallt mir die Mittagshitze wie ein Schlag ins Gesicht. In dem scheiß Laden war es so dunkel, dass ich in dem grellen Sonnenlicht jetzt fast nichts sehe. Julius rennt nach rechts, Sanchez nach links. Und ich? Auf einmal steht Taner aus meiner Parallelklasse vor mir. Er sieht mich überrascht an und sagt irgendetwas, aber ich verstehe nichts. Das Rumpeln aus dem Laden und der Straßenlärm übertönen ihn. Ich schüttle panisch den Kopf und renne los, quer über die große Kreuzung. Taner ruft mir irgendwas hinterher. Ich renne, so schnell ich kann mit dem schweren Rucksack auf dem Rücken. Der Computer und der Bildschirm darin knallen mir bei jedem Schritt ins Kreuz. Irgendein

Auto hupt, aber ich halte nicht an. Sind die mir wirklich hinterhergerannt? Ich will mich nicht umdrehen, einfach schnell weg. Auf der anderen Straßenseite sprinte ich rechts in die erste Abzweigung Richtung Karl-Marx-Straße. Scheiße, viel zu viele Menschen hier in der kleinen engen Straße, andauernd muss ich ausweichen, der Rucksack schlägt überall gegen. An den Tischen vor den Cafés sitzen Leute und rauchen Wasserpfeife, die ganze Straße riecht nach Weintraubentabak. Ich muss aufpassen, dass ich nicht gegen die heißen Kohlen laufe. Ich remple irgendwen an. »Yallah, verpiss dich! Hurensohn!«, ruft der Typ, aber ich bin schon weg.

Ein paar hundert Meter weiter ist es ruhiger. Völlig außer Atem bleibe ich in einer Hofeinfahrt stehen und drehe mich das erste Mal um, um zu gucken, ob mir jemand hinterhergerannt ist – niemand. Zum Glück. Ich schwitze und ringe nach Luft. Keine Ahnung, wo ich hier bin, in Nordneukölln kenne ich mich nicht gut aus, schon gar nicht in diesen kleinen Straßen. Irgendwo zwischen Karl-Marx und Sonnenallee, schätze ich. Ich stelle den Rucksack neben mich auf den Boden. Hoffentlich ist alles heil geblieben.

Mein Handy vibriert, Julius ruft an. Jeder Atemzug sticht im Hals, und die Hitze macht es auch nicht besser. »Hallo?«, hechele ich in den Hörer.

»Lukas? Alles klar?«, fragt Julius.

»Alles klar. Krieg nur keine Luft grade. Bei dir? Sind die dir hinterhergelaufen?«

»Keine Ahnung, ja. Wenn, dann ham sie mich auf jeden Fall nich gekriegt«, er lacht. Ich atme tief durch.

»Hast du Dings, schon was von Sanchez gehört?«, fragt er.

»Nee, Mann, ich bin grad erst stehen geblieben. Außerdem hab ich eh kein Guthaben …«

»Ihr Zigeuner, Alter. Warum kauft ihr euch auch nie Guthaben? Egal, ich ruf ihn kurz an, ja. Wo bist du überhaupt?«

»Keine Ahnung … Warte kurz«, sage ich und suche nach Straßenschildern. »Ähm, Anzengruber Ecke Donaustraße.«

»Cüs, wo bist du hingerannt, ja? Egal, ich meld mich gleich …«

»Ich sag doch, das wird so nix«, sage ich. Julius läuft vor Sanchez und mir auf und ab und raucht eine Zigarette nach der anderen, er antwortet nicht. Der Autolärm auf der Sonnenallee nervt langsam, andauernd hupt oder brüllt irgendwer, der Bordstein, auf dem wir sitzen, ist unbequem.

»Das war jetz der fünfte Laden, Mann. Keiner kauft uns die Scheiße ab«, sage ich. »Lass einfach nach Hause fahren und die Computer irgendwo wegschmeißen, wo sie keiner findet. Scheiß drauf, immer noch besser, als wenn die die finden oder so …«

»Lak, was wegschmeißen? Wir versuchen einfach weiter, ja. Irgendeiner wird schon kaufen. Die können ja nich alle so dumm sein …«, antwortet Julius leise und zündet sich die nächste Zigarette an. »Fuck, Mann, letzte Kippe, ja.«

Sanchez lässt einen langen Spuckefaden vor sich auf den Boden herunter. »Sag du doch ma was«, sage ich. Sanchez sieht mich an, sieht Julius an, sieht wieder mich an und zuckt mit den Schultern. »Hä, na wat soll ick sagen, Alter? Ick würd auch eher sagen, dass wir's weiter versuchen, sonst war die komplette Aktion umsonst.« Wir haben es jetzt in fünf verschiedenen Läden versucht und keiner wollte die, warum sollte das im sechsten anders sein.

»Sag ich doch, Mann«, sagt Julius. »Einfach weiter, ja. Und wenn wir dann ein haben, der kauft, dann ist doch, Dings ... easy. Dem bringen wir dann morgen den Rest, und dann läuft.« Er guckt mich an, als wäre er sich sicher, dass er mich damit überzeugt hat. Hat er aber nicht. Die ganze Aktion ist scheiße, das wird so nichts.

»Ick bin dabei«, sagt Sanchez und steht auf. »Aber lass mich diesma reden, Julius. Ick hab 'ne Idee.« Julius nickt. »Also Lukas, komm! Vom Rumsitzen wird's ooch nich besser.« Sanchez hält mir seine Hand hin. Ich gucke zu ihm hoch und schüttle den Kopf. Er zwinkert mir zu. »Los, ick kauf dir'n Eis, wenn's geklappt hat«, sagt er und lacht.

»Ach, fickt euch beide, ey.« Ich nehme Sanchez' Hand, er hilft mir beim Aufstehen und hängt sich die fette Sporttasche mit den andern beiden Computern über die Schulter.

»Ich glaub, Dings, vorne bei Pannierstraße is so 'n Pfandhaus. Die nehmen garantiert ...«

»Wie, wo wir die herhaben? Hä, hab ick doch grad erzählt. Mein Bruder arbeitet bei 'nem Bürogroßhandel und hat zu viele von den Dingern bestellt. Er hat gefragt, ob ick die für ihn verkaufen kann, und jetz sind wa hier«, sagt Sanchez. Der Typ hinter dem Tresen sieht uns unbeeindruckt an und brabbelt seinem Kollegen in der Ecke irgendwas zu, dabei spielt er mit einer Gebetskette in der rechten Hand. »Also, wat sagste?«, fragt Sanchez.

»Jungs, ganz ehrlich«, sagt der Typ und legt die Kette beiseite. »Wie alt seid ihr?« Er spricht akzentfreies Deutsch. Hätte ich nicht gedacht.

»Is doch ejal, wie alt wir sind«, sagt Sanchez.

»Nee, sag mal! Wie alt?« Ich weiß nicht, ob er gerade nett lächelt oder uns auslacht. Sanchez dreht sich fragend zu uns.

»Zwanzig«, platzt es plötzlich aus mir heraus. Die anderen beiden sehen mich erstaunt an, der Typ fängt laut an zu lachen. Zwanzig war vielleicht ein bisschen übertrieben, aber wenn ich sechzehn gesagt hätte, hätte er uns wahrscheinlich direkt weggeschickt.

»Zwanzig, ja?« Er sagt irgendwas zu dem anderen Typen im Laden, klingt wie Arabisch oder Persisch, und lacht noch mal. »Jungs, vor 'n paar Tagen wurden 'ne ganze Menge Computer in irgend'ner Schule geklaut, und plötzlich stehen hier drei Schüler in meinem Laden und wollen mir brandneue Computer verkaufen ...« Er guckt auf einmal sehr ernst. »Glaubt ihr, ich bin behindert?«

Keiner antwortet. »Ob ihr glaubt, dass ich behindert bin?«, wiederholt er.

»Wat denn für 'ne Schule?«, fragt Sanchez. »Wie sind von keiner Schule ...«

»Was für 'ne Schule? Hier, die Schule«, sagt der Typ,

kramt unter seinem Tresen herum und wirft uns eine zusammengerollte Zeitung hin. Sie landet direkt vor meinen Füßen, zögerlich hebe ich sie auf und falte sie auseinander. »Einbruch in Gesamtschule in der Gropiusstadt – Lehrcomputer im Wert von 15.000 Euro gestohlen – Schule verwüstet« steht da, direkt auf der Titelseite. Darunter ein Foto vom Haupteingang meiner Schule. Scheiße! Julius und Sanchez glotzen auf die Zeitung, keiner sagt etwas. Wir sollten abhauen, bevor der Typ die Bullen ruft. Wobei das ganze Zeug, was der hier lagert und verkauft, wahrscheinlich größtenteils nicht legal ist. Die Polizei will er bestimmt nicht im Laden haben.

»Ja, Dings, und was ham wir damit zu tun? Er hat doch gesagt, is von sein Bruder. Gibt doch nich nur diese Computer auf der Welt, oder?«, sagt Julius. Der Mann in der Ecke redet halblaut mit dem Typ am Tresen, der nickt. Beide starren uns an.

»Wie viel wollt ihr überhaupt haben für die Dinger?«, fragt er.

Ich gucke die andern an, sie sehen genauso überrascht aus. »Für alle drei mit Flachbildschirm-Monitoren?«, fragt Sanchez. Der Typ nickt. Sanchez überlegt kurz. »1.500!«

»1.500 für drei geklaute Computer? Hahaha, euer Ernst?«, antwortet der Typ aus der Ecke.

»Mann, die sind nich geklaut, ja!«, sagt Julius.

Der Mann verdreht die Augen, steht auf, läuft an den Tresen und begutachtet den einen Computer, den Sanchez abgestellt hat.

»800 für alles. 800 bar auf die Hand ohne Pfandbon,

ihr verpisst euch von hier, und wir sehen uns nie wieder«, sagt er. »So oder gar nich!«

Was? 800? Hat er gerade gesagt, er gibt uns jetzt einfach 800 Euro für die Computer? Sanchez sieht aus, als müsste er sich ein breites Grinsen verkneifen. Er lehnt sich zu mir und Julius. »Auf jeden Fall, oder?«, flüstert er.

»Ähm, können wir uns ganz kurz besprechen gehen?», frage ich den Typ am Tresen. Der nickt kurz, und Sanchez, Julius und ich gehen vor die Tür.

»Glaubst du, er meint das ernst?«, frage ich die beiden dann.

»Loco, du hast ihn doch gehört … Türlich meint der dit ernst! Oder wat meinst du?« Sanchez schaut Julius an. Bitte, sag einfach ja. 800 Euro geschenkt, besser wird es nicht. Julius sagt nichts. Wir starren ihn an.

»Ich schwöre, er würde auch mehr geben. 1.000 Minimum«, sagt Julius. »Lass 1.200 vorschlagen.«

»Auf keinen Fall, Julius, Mann. Lass einfach nehmen. 800 Euro, Alter! Komm schon, der gibt uns kein Cent mehr, glaub mir!«, sagt Sanchez mit aufgerissenen Augen.

»Dicker, achthundert Euro!« Ich gucke zu Julius, auch der versucht sich das gierige Grinsen zu verkneifen, zögert kurz, nickt und fängt an zu lachen. »Okay, scheiß drauf, ja. Lass machen.«

Wir gehen zurück in den Laden »Okay, 800 bar auf die Hand!«, sagt Sanchez.

Die Männer nicken. Der eine greift sich in die Hosentasche, holt ein fettes Bündel Geldscheine heraus, leckt sich den rechten Daumen und zählt.

»Hier!« Er klatscht acht grüne Scheine auf den Tresen. »Ich merk mir eure Gesichter, Jungs. Das hier ist nie passiert, und ich will euch hier nich mehr sehen!« Julius nimmt das Geld, zählt es und nickt grinsend. Sanchez und ich stellen die Computer auf dem Tresen ab.

»Wir ham noch fünf Stück zu Hause, ja. Wollt ihr die auch? Wir machen euch guten Preis«, fragt Julius.

»Jungs, lasst die Computer hier und verpisst euch!«, sagt der eine Typ mit ernstem Blick.

»Nich hier, nich hier, hier sind zu viele Leute. Lass vorne in den Eingang stellen, da kannste rausholen.« Ich zeige schräg auf einen Hauseingang. 800 Euro. Wir haben einfach 800 Euro verdient. Für nichts. Für Computer, die uns nicht gehören. 800 Euro bar auf die Hand, ey. Unglaublich. Julius wird schneller, Sanchez und ich auch.

»Hier sieht uns keiner«, sage ich. »Gib ma das Geld, ich will auch ma anfassen. Hab noch nie so viel Geld auf einmal in der Hand gehabt.«

Julius zieht das Bündel gewollt lässig aus seiner Hosentasche und reicht es mir. Die Scheine sind ein bisschen angewärmt und völlig makellos, sehen aus wie neu. Wir frisch aus dem Geldautomat geholt. Fühlt sich geil an.

»Ick will auch ma«, sagt Sanchez. Ich gebe das Geld weiter. »Jungs, Mann, 800 Euro, Alter, wisst ihr, wie viel dit is? Beim Ticken in Hellersdorf hab ick in zwei Monaten nich so viel verdient. Und jetzt einfach: Bam, auf einen Schlag! Jackpot!«

»Na, Dings, is ja auch nich alles deins, ja.« Julius grinst und nimmt das Geld wieder. »200 für jeden. Und Gino kriegt auf jeden Fall gleichen Anteil, ja ...«, sagt er, als müsse er uns davon noch überzeugen, für mich war das eh klar. Wenn Gino kein Hausarrest hätte, wäre er auf jeden Fall bei allem dabei gewesen.

»Sowieso«, sage ich. Sanchez nickt.

»Also, 200 für dich, 200 für dich, 200 für mich und die 200 für Gino nehm ich einfach mit, weil ich später eh kurz bei ihm vorbeiwollte. Is okay für euch?«

»Hä? Klar«, sagt Sanchez. »Irgendeiner musset ihm ja bringen. Will noch jemand?« Er hält uns beiden seine Kippenschachtel hin. Julius nimmt sich eine. Wieso sieht er denn Gino später noch? Ich dachte, der hat Hausarrest, und als ob er dann Besuch haben darf ... Komisch alles.

Julius gibt mir und Sanchez jeweils zwei von den grünen Scheinen und packt die anderen vier wieder ein. Ich stecke sie in meine linke Hosentasche und lasse sie nicht mehr los. Nicht, dass sie rausfallen oder so.

»Ich geh jetz, Dings, Karl-Marx zu Shooters und hol mir Alpha-Jacke, ja. Komm ihr noch mit, oder haut ihr ab?«, fragt Julius.

»Jacke? Dicker, dit sind Minimum 30 Grad!«, sagt Sanchez. Julius zuckt mit den Schultern und lächelt. »Aber ja, ick würd noch mitkommen. Neue Klamotten gehen immer, wa? Wat is mit dir.« Sanchez sieht mich an.

»Nee, ich fahr nach Hause, bevor mein Vater wieder da ist und mich mit dem riesigen Rucksack hier sieht und komische Fragen stellt. Außerdem hab ich miesen

Hunger. Aber ich komm noch mit bis Rathaus Neukölln zur U7.«

Ich sitze in der U-Bahn und taste mit der linken Hand, ob die 200 Euro noch in meiner Tasche sind. Was für ein geiles und gleichzeitig komisches Gefühl, mit so viel Geld unterwegs zu sein. Ein bisschen, wie bekifft U-Bahn zu fahren: Da glaube ich dann immer, dass alle genau wissen, dass ich was geraucht habe. Jetzt kommt es mir vor, als ob jeder hier genau wüsste, dass ich 200 Euro in der Tasche habe. Zum Glück ist es nur noch eine Station, und die U-Bahn hat sich an der Johannisthaler geleert. Die gehen wahrscheinlich alle in die Gropius-Passagen. Wie kann man das bei der Hitze nur freiwillig wollen? »Lipschitzallee«, ertönt die Durchsage – gleich da.

Salami oder American Style mit Pilzen und Schinken? Ich starre auf die Pizzen in der Tiefkühltruhe, andauernd rempeln mich Leute an, die sich hinter mir durch den engen Gang zwängen. Auf jeden Fall eine Markenpizza und nicht diese Dreierpack-Billigdinger wie sonst, jetzt wo ich einmal Geld habe. Mittlerweile habe ich so krassen Hunger, dass mein Magen krampft. Ich habe den ganzen Tag noch gar nichts gegessen, morgens war ich viel zu aufgeregt, während der ganzen Action hatten wir keine Zeit zum Essen.

Oder doch einfach Thunfisch? Wir haben bestimmt noch Zwiebeln zu Hause. Mit Zwiebeln drauf ist Thunfischpizza schon ziemlich geil. Aber eine fette American Style mit Käse im Rand … Oder einfach beide?

Eigentlich kann ich beide nehmen. Ich öffne die Truhe und greife nach den Pizzen.

»Ciao, Lukas!«, sagt eine Frauenstimme hinter mir. Ich drehe mich um, es ist Ginos Mutter. Sie lächelt mich an. Ich habe sie lange nicht gesehen, sie sieht viel älter und kleiner aus, als ich sie in Erinnerung hatte. Und fertig, als hätte sie die letzten Nächte nicht geschlafen.

»Frau Ebert, hi!«, sage ich und lächle zurück.

»Bitte, Lukas … Giovanna.«

»Ja, sorry, Giovanna.«

Ist mindestens drei Jahre her, dass ich mit ihr gesprochen habe, vielleicht sogar länger. Das letzte Mal, als ich mit ihr und Gino seinen Vater mal besoffen in seiner eigenen Kotze vor ihrer Haustür gefunden habe. Seit das mit ihm immer schlimmer geworden ist, waren wir nicht mehr bei Gino zu Hause. Ich zumindest nicht, Julius ja anscheinend schon.

»Come va, alles okay? Mamma mia, bist du groß geworden … Beh, haben wir uns auch lange nicht gesehen«, sagt sie leise.

»Ja, mir geht's super, danke. Und dir?«, frage ich und bereue es sofort, offensichtlich geht es ihr nicht gut. Ihr abwesender Blick, die aufgequollenen Augen, die vielen grauen Haare, die sie früher nicht hatte. Außerdem weiß ich ja, was bei ihr zu Hause los ist. Sie zieht kurz die Mundwinkel hoch, dann schüttelt sie zerstreut den Kopf, so als würde sie einen Gedanken wegschütteln wollen. Sie sieht mich an. »Schön, dass dir gut geht …«, haucht sie. Ich nicke und schaue hilflos umher, mein Blick bleibt an ihrem vollgepackten Einkaufswagen hängen. Wie will sie das alles alleine nach Hause tragen?

»Brauchst du Hilfe beim Tragen gleich? Ich, äh, kann dir helfen, ich hab Zeit«, sage ich und deute auf ihren Einkauf.

»Ma che dolce, aber schaffe ich das schon. Ist ja nicht so weit. Bin ich zwar alt, aber noch nicht so alt, weißt du?«, antwortet sie und lacht, dieses Mal ein echtes Lachen. So habe ich sie in Erinnerung. Früher hat sie viel gelacht. Sie hat oft gekocht, als Julius und ich zu Besuch waren, hatte eigentlich immer gute Laune. Sie hat uns italienische Lieder beigebracht, an die Melodie von einem kann ich mich noch gut erinnern. Damals ging es Ginos Bruder auch noch nicht so schlecht mit seiner Krankheit, MS oder wie das heißt, und sein Vater hatte noch einen Job und war kein Alkoholiker. Zumindest habe ich das damals nicht mitbekommen.

»So war das nicht gemeint«, sage ich. »Dachte nur, weil's ganz schön viel zu schleppen ist, ich muss ja eh in die Richtung …« Sie winkt lächelnd ab. »Wie geht's Gino eigentlich? Hab ihn nicht gesehen, seit er, ääh, seit …« Soll ich sagen, »seit er Hausarrest hat«, oder ist das irgendwie komisch? Nicht, dass ihr das unangenehm ist oder so.

»Seit er was?«, fragt sie, öffnet die Kühltruhe und nimmt einen Dreierpack Margheritapizza heraus.

Ach, fuck. »Na ja, äh, er darf ja grad nich raus, oder? Seitdem hab ich ihn nicht mehr gesehen jedenfalls. Letzte Woche irgendwann …«, stammle ich.

»Ah, ecco, du meinst das …« Sie atmet tief ein und aus. »Ist nicht leicht für Gino, sein Papà ist sehr streng manchmal. Verstehe ich das auch nicht immer und versuche ihn zu überzeugen, musst du nicht immer so zu Gino sein. Ist das sehr schwer für mich, ihm zu sagen. Und natürlich für Gino. Henry hat sich sehr verändert in die letzte Jahre ...« Sie atmet aus. »Zum Glück hat Gino dich und Julius als Freunde, gute Freunde sind das Wichtigste, verstehst du? Und habt ihr ja auch nicht leicht. Bist du ja leider ohne Mamma aufgewachsen, und was mit die Eltern von Julius ist, weißt du ja ... Hätte auch er eine bessere Familie verdient, Julius ist so ein guter ragazzo, guter Junge. Bringt er Gino jedes Mal Sachen aus die Schule vorbei und liest Toni Geschichten vor, seit er selber nicht so gut lesen kann, oder sie spielen. Manchmal ist das Leben sehr ungerecht ...« Sie guckt mir in die Augen.

Ich nicke einfach. »Wird bestimmt alles wieder besser«, sage ich, einfach um irgendetwas zu sagen. Giovanna sieht mich nur an.«Ich wollte ihn eh später mal anrufen ...«

»Ja, machst du das. Da wird er sich freuen. Oh, deine Pizza taut gleich auf«, sagt sie. »Vergognati, die Pizza ist scheiße. Pizza muss eigentlich frisch zubereitet werden im forno, äh, Ofen, weißt du? Machen wir das so in Italien. Aber kaufe ich auch diese. Is billiger, die Scheiße, leider.«

Ich nicke wieder, greife nach den beiden Kartons auf der Kühltruhe und laufe mit ihr zusammen weiter durch den Supermarkt.

»Brauche ich noch paar Sachen, aber hat mich wirklich gefreut, dich wiederzusehen, Lukas.« Giovanna tätschelt mir die Schulter.

»Mich auch.« Ich lächle ihr noch einmal zu, bevor sie mit ihrem Wagen in einen anderen Gang abbiegt. Ich sehe ihr nach. Die arme Frau. Ich hoffe, dass sie irgendwann von Ginos Vater wegkommt und einfach normal leben kann.

»Matthias?«, ruft eine Frauenstimme aus dem Wohnzimmer. Ist das Karin?

»Nee. Lukas«, rufe ich zurück. Nervig, dass sie da ist, ich wollte mich eigentlich direkt vor den Fernseher hauen und die Pizzen essen. Kein Bock auf Small Talk mit ihr.

»Ach, hallo Lukas!« Karin steht plötzlich hinter mir, als ich gerade den Wanderrucksack von meinem Vater in seinen Schrank räume.

»Hallo.« Ich schließe die Schranktüren und laufe an ihr vorbei in die Küche. Ich hab Hunger, ich sterbe gleich.

»Und, wie geht's dir, wie war's in der Schule?« Sie sieht mich erwartungsvoll an.

»Joa, Schule halt. Wie immer.« Warum versucht sie jedes Mal, sich mit mir zu unterhalten? Ich habe der Frau nichts zu erzählen. Ich mag sie nicht, sie mag mich nicht, wir brauchen hier keinem was vorzuspielen.

»Ja, ich kenne das von meinen Kindern, die erzählen auch immer nichts. Aber wahrscheinlich gibt's auch einfach nicht so viel zu erzählen, wie man sich das als Mutter immer vorstellt. Ich war früher genauso. Aber ich habe von dem Einbruch bei euch gelesen … Schlimm so was, oder? Da bekommt ihr tolle neue Computer, und dann werden die einfach geklaut.«

Ich zucke mit den Schultern, fummle die American Style Pizze aus der Plastikfolie, drehe den Ofen auf 200 und lege sie auf den Rost.

»Au, was gibt's bei dir, Pizza? Wir wollten später auch noch was kochen und dachten, du magst vielleicht mitessen ... Aber manchmal muss es einfach Pizza sein, ne?« Sie lacht und nickt hektisch.

»Wo is Papa überhaupt?«

»Der hat vor zwei Stunden einen Anruf bekommen, ob er zwei Bekannten von uns spontan bei irgendwas im Bad helfen kann. Ehe sein Job da an der Uni anfängt, wollte er so was noch machen, ist ja bares Geld«, sagt Karin.

Ich nicke, ohne sie anzusehen. »Wann kommt er denn wieder?«

»Eigentlich jetzt gleich, länger als ein bis zwei Stunden sollte das nicht dauern. Er steckt wahrscheinlich im Berufsverkehr, er musste ja quer durch die Stadt bis in den Wedding ...«

»Ah, okay, aber dann is er ja bestimmt gleich da«, sage ich, packe die Thunfischpizza erst mal noch in den Gefrierschrank und gehe in mein Zimmer.

»Der von Ihnen eingegebene Zahlencode ist uns nicht bekannt. Bitte geben Sie den sechzehnstelligen Code auf Ihrer Aufladekarte ein und bestätigen Sie diesen mit der Rautetaste«, sagt die E-Plus-Computerstimme. Jedes Mal dasselbe, E-Plus ist einfach so kacke. Ich schaue auf das Display. 3881 4213 9027 1475, genau wie es auf dieser scheiß Karte steht. Ich tippe dieselben Zahlen noch mal ein und drücke wieder die Rautetaste. Der Hörer rauscht.

»Vielen Dank, wir haben Ihrem Konto 15 Euro gutgeschrieben. Falls Sie …« Blabla, geht doch. Ich lege auf. Soll ich Gino jetzt anrufen oder erst essen? Die Pizza müsste gleich fertig sein. Ich habe so einen Hunger, ich esse erst mal, die fünf Minuten, die ich später anrufe, machen auch keinen Unterschied. Es klopft. Ist mein Vater wiedergekommen, habe ich gar nicht gehört.

»Ja?«, sage ich und drehe mich zur Tür. Karin öffnet und macht einen Schritt herein. »Hey, ähm, deine Pizza ist gleich fertig«, sagt sie.

Dafür kommt sie extra her? Ich werde es ja wohl hinkriegen, mir eine Pizza zu machen. »Ja, danke. Ich hab das auf'm Schirm.«

»Okay, super. Wollt ich nur sagen«, wieder lächelt und nickt sie so komisch. Sie bleibt in der Tür stehen, sieht mich an und atmet ein. Was will sie denn?

»Du, ähm, ich wollte dich noch was fragen … Hast du kurz?« Karin sieht ungewohnt ernst aus, normalerweise hat sie immer dieses aufgesetzte Dauerlachen im Gesicht, wenn sie mit mir redet. Ich lege das Handy aus der Hand.

»Okay, super, danke. Ähm, also ich weiß gar nicht, wie ich das sagen soll … Ähm, mein Sohn Fabian hat in letzter Zeit ein bisschen Ärger mit irgendwelchen Jungs. Die haben ihm jetzt schon sein Handy und den Geldbeutel weggenommen, und ich, ähm …« Sie sieht richtig verzweifelt aus. »Ich mache mir langsam wirklich Sorgen, dass die ihm irgendwas antun. Das letzte Mal haben sie ihn mit zwei Messern bedroht … Ich … weißt du, ich kenn das nicht. Bei uns in Marienfelde gibt es so was nicht, und das passiert auch immer nur, wenn er auf dem Weg zur Schule hier in der Gropiusstadt umsteigt. Eigentlich dachte ich, dass es an der Johannisthaler noch nicht so schlimm wäre wie, na ja ...« Ihr Blick geistert hilflos durch mein Zimmer. »... Hier ... Ich bin total ratlos, weil ich nicht weiß, wie ich ihm helfen kann. Ich kann ihn ja nicht jeden Tag zur Schule bringen und wieder abholen, ich muss ja selber arbeiten. Deinen Vater habe ich schon gefragt, wie Fabi sich da am besten verhalten soll, aber wirklich helfen konnte er nicht. Ich glaube, er hat das nicht so ganz ernst genommen. Ich wüsste auch nicht, wie die Polizei da helfen kann.« Ihre Lippe bebt, plötzlich tut sie mir richtig leid. Sieht fast aus, als würde sie gleich anfangen zu weinen. Au weia, die Arme. Aber was soll ich machen, wie soll ich ihr helfen? Fabian ist halt auch das typische Opfer. Blond, dünn, scheiß Frisur ... So wie der aussieht, ist klar, dass er hier Probleme kriegt. Leichte Beute. Und er sieht nicht nur aus wie der letzte Deutsche, sondern trägt auch noch Klamotten, bei denen man auf den ersten Blick sieht, dass er von irgendwo anders ist. Keine Picaldihose, keine Reeboks oder TN, keine Kapuzenpullis, keine Cappi. Was soll ich ihr denn sagen? Er soll sich neue Sachen kaufen und sich einen Boxerschnitt schneiden? Wenn die schon auf ihn aufmerksam geworden sind, dann hilft das auch nicht mehr. Außerdem erkennt man das, wenn sich einer verkleidet, das sieht dann noch alberner aus als jetzt seine komischen Opfersachen. Er bräuchte Connection zu Leuten, die was zu sagen haben. Ich kann auf jeden Fall nicht auf ihn aufpassen. Keine Ahnung ... Er soll da einfach nicht mehr langfahren erst mal, gibt ja bestimmt noch andere Wege zu seiner Schule.

»Okay, ähm ... ja ... scheiße!«, sage ich.

»Ja, scheiße!«, sagt Karin. »Du bist doch hier aufgewachsen, Lukas. Hast du nicht irgendeinen Tipp, wie man mit solchen Typen umgeht? Ich weiß doch, dass das hier echt keine schöne Gegend ist und dass du bestimmt auch schon mal in so einer Situation warst, oder?«

Dass ich schon mal in so einer Situation war? Mein ganzes Leben ist so eine Situation. Als Blonder, der keine Leute kennt, ist Neukölln Krieg. Wer guckt? Warum guckt er? Wie lange halte ich den Blickkontakt? Laufe ich da lang, oder sind da irgendwelche Kanaks? In welches Abteil in der U-Bahn steige ich am besten? Wen kennt der? Mit wem hängen die rum? Ist er krass? Handy geben oder wegrennen? Kämpfen oder sich schlagen lassen? Ich kann ihr jetzt nicht Neukölln erklären.

»Wo geht Fabian noch mal zur Schule?«

»Parchimer Allee, aufs Einstein Gym. Und das war auch noch mein Vorschlag, er wollte eigentlich viel lieber bei uns in Marienfelde auf die Da Vinci ...«

Auch wenn ich nicht viel mit ihr und schon gar nicht mit ihren komischen Kindern anfangen kann, sie ist ja eigentlich auch nur eine Mutter, die sich Sorgen macht. Sie würde sterben vor Angst, wenn die hier wohnen müssten.

»Na ja, ganz ehrlich? Er kann nichts machen. Er kennt keine Leute hier, er kann sich nich selber verteidigen, und wenn die ihn weiter abziehen wollen, dann machen die das auch. Aber wenn das wirklich immer nur Johannisthaler passiert, dann soll er einfach ’n andern Weg fahren. Kann er nich über Alt-Buckow mit Bussen fahren? Dauert zwar bisschen länger, aber er muss nich da lang, wo die rumhängen«, sage ich. Sie sieht mich ungläubig an, sagt aber nichts. Wahrscheinlich denkt sie, dass es nicht sein kann, dass Sichverstecken die einzige Lösung für so ein Problem ist. Ist es in dem Fall aber.

»Ich guck ma kurz nach meinem Essen«, sage ich und stehe auf. Karin folgt mir und setzt sich im Wohnzimmer auf die Couch.

»Also du meinst, über Alt-Buckow mit dem Bus fahren ist besser. Und eine andere Möglichkeit gibt es nicht, dass du irgendwie mal mit denen redest oder so?«

»Das bringt nix, Karin, ganz ehrlich. Auf die zwanzig Minuten länger scheißen und den andern Weg nehmen erst mal. Sind ja eh bald Ferien, und bis die vorbei sind, haben die Typen bestimmt irgendwen Neues gefunden«, sage ich und mache den Ofen auf. Die Pizza ist perfekt geworden.

»Okay, klingt ehrlich gesagt ziemlich frustrierend, aber wahrscheinlich ist es einfach so. Dank dir, Lukas, ich sag ihm das so. Und ich wollte dir noch sagen, dass ich es toll und sehr beeindruckend finde, wie du und früher dein Bruder hier zurechtkommen. Ist bestimmt nicht einfach, und ihr seid wirklich nette und freundliche Jungs. Ich finde das beachtlich.«

Krass, ich dachte immer, Karin mag uns nicht und hält uns für Assis, weil wir nicht aus scheiß Marienfelde kommen und nicht aufs Gymnasium gehen. Jetzt fühle ich mich fast schlecht, weil ich so über sie gedacht habe und immer so komisch zu ihr war. Aber sie ist schon auch ein bisschen merkwürdig. »Ich ess im Zimmer«, sage ich und gehe.

KAPITEL 8

»Okay, und wo seid ihr jetz?«, fragt Julius.

»Noch bin ich zu Hause. Sanchez holt mich gleich ab, und wir fahr'n los zu Picaldi Gneisenaustraße«, sage ich. »Wieso, was denn los?«

»Dings, gibt 'n Problem, ja. Ich geh jetz los einfach, und wir treffen uns kurz, okay?«

Wieso druckst er so rum und sagt nicht einfach, worum es geht? Er ist doch sonst nicht so zurückhaltend.

»Hä, na worum geht's denn?«

»Sag ich dann ...«

»Mann, sag doch bitte kurz!«

»Um die Computer ... Egal, ich bin fünfzehn Minuten vor Lipschitzbad an der Haltestelle. Bis gleich!«, sagt er und legt auf.

Ich gucke auf mein Handy: zwanzig nach acht. Sanchez soll sich mal ein bisschen beeilen. Ich hab meinem Vater gesagt, dass wir heute zur zweiten Stunde haben. Damit er denkt, dass wir pünktlich kommen, müssten wir jetzt langsam mal losgehen. Was ist überhaupt passiert, dass Julius so früh schon wach ist und anruft? Wenn Sanchez und ihm gestern noch irgendwas passiert wäre, hätte Sanchez mir das ja wohl schon erzählt. Spätestens, als wir uns gestern für heute verabredet haben.

Es klopft an der Zimmertür. »Ja«, sage ich.

»Musst du nicht langsam mal los?«, fragt mein Vater durch die geschlossene Tür.

Muss er nicht selber schon längst unterwegs sein? Er meinte doch, er muss heute um neun im Wedding noch mal irgendwas arbeiten.

»Sanchez kommt in fünf Minuten, er hat verschlafen«, antworte ich. »Musst du nicht selber los?«

Papa öffnet die Tür. »Die haben mich gebeten, 'n bisschen später zu kommen ... Ich fahr aber gleich, wenn du willst, kann ich dich mitnehmen.«

»Ach so, äh ... Is doch voll der Umweg, Papa. Aber danke.« War das zu auffällig? Sonst fahre ich immer mit, wenn er es mir anbietet, völlig egal wo er danach hinmuss. Er sieht ein wenig überrascht aus. Als er gerade etwas sagen will, klingelt es. »Ich mach auf«, sage ich und gehe zur Tür.

»Jo Loco, wat los?«, sagt Sanchez und gibt mir die Hand. Ich nicke wortlos in Richtung meines Zimmers. Hoffentlich versteht er, dass mein Vater noch da ist. Sanchez zwinkert mir zu und grinst. »Wir müssen uns beeilen, sonst komm wa zu spät zum Unterricht«, sagt er extra laut. Ich hole meinen Schulrucksack aus dem Zimmer.

»Wenn ihr noch fünf Minuten wartet, nehm ich euch mit ...«, sagt mein Vater.

»Kein Stress, Papa. U-Bahn kommt eh gleich. Bis heut Abend dann!«

Sanchez drückt zum vierten Mal auf den Runter-Pfeil am Fahrstuhl, es passiert immer noch nichts. Er haut mit der Faust dagegen. Endlich, der Knopf leuchtet, und aus dem Schacht kommen Geräusche.

»Wir treffen uns gleich noch mit Julius, er meinte, es gibt irgendein Problem«, sage ich, als wir in den Fahrstuhl steigen.

»Jut. Worum geht's denn?«

»Um die Computer. Keine Ahnung, um was genau ... Bei euch ist aber gestern nichts mehr passiert, oder?«

»Nö, wir war'n bei diesem Shooters und danach noch bei Footlocker. Wie findst'n meine neuen Sneaks? Ick dachte mir, wenn ick hier schon bei den ganzen Kanaken wohne, kann ick mir auch ma 'n Paar Kanakenschuhe holen.« Sanchez präsentiert grinsend die strahlend weißen Reebok Classics an seinen Füßen.

»Haha, jetz noch Picaldihosen und Boxerschnitt, und du bist offiziell Neuköllner.«

»Sowieso. Hose kauf ick jetz, und wenn du dir eh 'ne neue Haarschneidemaschine holen wolltest, könnwa danach direkt Haarschneideaction machen. Kann dir die dann auch schneiden, hab ick bei meim Bruder auch immer gemacht.«

Der Fahrstuhl rumpelt, als wir im Erdgeschoss ankommen. Ich drücke den Türknopf, weil das scheiß Ding sich seit ein paar Wochen nicht mehr von alleine öffnet.

»Lass ma auf die andere Seite gehen, erst mal. Ich weiß nicht, welchen Weg mein Vater fährt, nicht, dass er gleich hier langkommt«, sage ich. Julius und Sanchez nicken. Wir überqueren die Straße und laufen gegenüber vom Schwimmbad durch den Tunnel unter den weißen Blocks beim Gesundheitszentrum – hier sieht man uns von der Straße aus nicht. Sanchez und ich starren Julius an, er hat immer noch nicht gesagt, was los ist.

»Habt ihr Bock, ein zu rauchen, ich hab schon gebaut, ja?«, sagt Julius.

Ich habe noch nichts gegessen, immer wenn ich auf leeren Magen kiffe, wird mir schlecht. Ich schüttle den Kopf. Julius sieht Sanchez an, der zuckt erst mit den Schultern. Als Julius dann die Tüte aus seinem Portemonnaie holt, fängt er aber doch an zu grinsen und nickt.

»Okay, Dings, dann lass noch Stück laufen, irgendwo in Ruhe buffen, dann erzähl ich …«

Irgendwie riecht das Zeug komisch. Ist das Stein oder so? Eigentlich raucht Julius nie Stein, ich wüsste nicht mal, wer hier welchen verkauft. Eigentlich gibt es nur Gras oder halt richtige Drogen, Koks oder Teile oder so.

»Wat is'n ditte?«, fragt Sanchez nach seinem ersten Zug. Er verzieht das Gesicht, pustet langsam aus und starrt den Joint an. »Is dit Stein oder wie?«

»Nee, Dings, is Haze, hab ich mein Bruder geklaut. Is krass, ja, aber schmeckt komisch«, sagt Julius und nimmt ihm die Tüte aus der Hand.

»Also«, sagt er, »Dings, mein Bruder wollte gestern, als wir weg waren, irgendwas aus meinem Zimmer holen und hat die restlichen Computer und so gefunden, ja.« Er pustet aus, hustet, nimmt den nächsten Zug und gibt an Sanchez weiter. »Er is übertrieben ausgerastet, ja. Bla, was ich mache, ob ich behindert bin, ihm so Ärger zu machen, und dass er gefickt is, wenn die Bullen in die Wohnung kommen, dies das, ja ... Ich hab ihn gesagt, ich lager für ein Freund und dass der sich die heute abholen kommt und dass die dann weg sind.« Wieder hustet er. »Ich hab halbe Stunde mit ihm diskutiert, am Ende hat er mir dann geglaubt, ja. Jedenfalls müssen wir die heute irgendwie aus meim Zimmer kriegen. Keine Ahnung, wohin. Entweder verstecken, oder wir gehen noch ma zu den Typen von gestern, vielleicht kauft er ja doch, oder so. Was meint ihr?«

Zum Glück ist Julius' Bruder so leichtgläubig, Marco hätte mich getötet.

»Verkaufen jeht nich«, sagt Sanchez. »Der Typ hat gestern so oft gesagt, dass wa nich wiederkommen sollen. Könn wa vergessen ...« Er sieht mich an, als würde er erwarten, dass ich die Lösung habe. Keine Ahnung, was wir machen sollen. Wegschmeißen am besten, Teltowkanal oder so. 200 Euro für jeden ist doch cool, davon kann sich jeder irgendwas kaufen, was er sich sonst nicht leisten könnte, und gut ist. Dann gibt es wenigstens keine Beweise mehr gegen uns, und die Aktion war nicht komplett umsonst.

»Ganz ehrlich«, sage ich, »lass die einfach in 'n Kanal schmeißen und drauf scheißen. Wir hatten so viel Glück bisher, dass alles einigermaßen geklappt hat und wir noch nicht gefickt wurden, und haben alle bisschen Kohle verdient. Besser wird's eh nicht, oder?«

Julius schüttelt den Kopf, ich schaue Sanchez an.

»Wir könn dit auch einfach erst ma zu mir räumen? Mein Zimmer is eh noch voll mit Kisten, und meine

Mutter kommt da nie einfach rein oder so. Außerdem is sie ab 16 Uhr bis nachts unterwegs, könnten wa also direkt nachmittags machen. Müssen wa halt paarmal laufen mit der Sporttasche, bis alles bei mir is, aber jut. Wobei, nich ma, ick hab noch Umzugskartons zu Hause, die großen sogar. In einen passen bestimmt zwei Stück plus Bildschirme«, sagt er und sieht uns an. »Sparn wa uns die Fahrerei ...«

»Ja Mann, lass so machen«, sagt Julius sofort und schmeißt den letzten Stummel von dem Joint weg.

Warum wollen die beiden das auf Biegen und Brechen bis zum bitteren Ende durchziehen? Wir hatten so viel Glück bisher ...

»Jungs, habt ihr mir zugehört? Warum wollen wir uns noch den Stress machen, wir wissen nich ma, an wen wir die Scheiße verkaufen wollen. Ihr habt doch gestern gesehen, was das für ein Akt ist.« Die beiden sehen mich genervt an. »Is mein Ernst!«, sage ich.

»Locooo, bleib doch ma janz ruhig jetze!« Sanchez fängt plötzlich an zu grinsen. »Alter, dit is überkrass, dit Zeug«, sagt er zu Julius, dann dreht er sich wieder zu mir. »Wir ham doch gar kein Stress, die jetz schnell loszuwerden. Bei mir stört's keinen, und in 'n paar Tagen intressiert dit sowieso kein Schwein mehr. Wie sollen die denn ausgerechnet auf uns kommen?«

Julius nickt. »Ich schwöre, Lukas, is bares Geld, was du, Dings, wegschmeißen willst, ja ... Ganz ehrlich: niemals, Mann! Wir machen, wie er gesagt hat. Und guck ma, wenn mein Bruder kein Grund mehr hat zu meckern, is doch entspannt. Wir überlegen in aller Ruhe, wie wir den Rest auf einen Schlag loswerden, und fertig. Noch ma 500 für jeden …« Er sieht mir in die Augen.

Dafür, dass Sanchez von dem Haze so am Kichern ist, wirkt Julius ziemlich klar. Er hat nicht mal rote Augen.

»Außerdem, is bisher niemand auch nur ansatzweise auf uns gekommen, ja. Woher sollen die jetz auf einmal neue Beweise haben? Wir ziehen das jetz durch, und nächste Mal machst du einfach nich mit, wenn du, Dings … keine Ahnung, ja … weißt schon…«

Ich atme tief ein und aus und winke ab. Sanchez haut mir auf die Schulter. »Wird schon, Loco! Pass ma auf, in paar Tagen is vorbei und wir gehen mies feiern, richtig ausflippen. Nicht so wie in diesem komischen Schuppen vom letzten Mal … Grenzallee, oder wo dit war …« Wieder fängt er an zu lachen.

»Okay, dann Dings, geh ich jetz nach Hause, räum alles zusammen, dies das, und ihr kommt einfach, wenn ihr fertig seid mit Picaldi und deine Mutter weg is, okay?«, sagt Julius. Ich zucke mit den Schultern, Sanchez grinst. Julius gibt uns die Hand und läuft los.

»Ach und ey«, ruft Sanchez ihm hinterher. »Bring ma noch wat von dem Zeug mit, dit is ja wohl der Renner, Alter!«

Julius fängt an zu lachen, nickt und läuft weiter. Ich habe eigentlich gar kein Bock mehr auf Shoppen, aber was soll's.

»Angriff!«, sagt Sanchez, und wir gehen los Richtung U-Bahn.

»Wie findeste die?«, frage ich und halte Sanchez eine verwaschene Picaldijeans hin. Er guckt kurz. »Die Hose an sich is killer auf jeden Fall, aber zieh ma an, so kann ick dit nich beurteilen.«

»Ich find die nich in meiner Größe«, sage ich und wühle das Regal durch. So leer wie heute war es hier noch nie. Vormittags herzukommen war auf jeden Fall eine gute Idee.

»Wat brauchste denn?«, fragt Sanchez.

»So 28/30, manchmal passt auch 30/30. Aber 28er Weite wär schon besser«, sage ich.

Sanchez kramt sich durch einen anderen Stapel. »Hier!«, sagt er. »Ick hol mir die auch. Die und die hellblaue aus dem dünnen Stoff!«

Ich nehme die Hose und laufe zur Umkleidekabine.

»Hier, die is ooch geil«, ruft Sanchez und wirft mir noch eine zu. Ich fange sie, plötzlich vibriert mein Handy. Ich gucke auf das Display: Momo. Was will der denn? Ich glaube, wir haben außerhalb der Schule noch nie miteinander gesprochen. Ich drücke auf den grünen Hörer und halte es mir ans Ohr. »Hallo?«, sage ich. Besetztzeichen. Ich schaue noch mal auf das Display, keinen Empfang hier im Laden. Ganz vergessen, wir sind hier ja im Souterrain. Ich lege die Hosen ab und gehe nach draußen. Als ich gerade zurückrufen will, klingelt mein Handy erneut.

»Hallo? Momo?«

»Joo, Lucas, alles klar?«

»Alles gut, ja, bei dir?«

»Sowieso ... Du Urlauber ja, was los, kein Bock mehr auf Schule, oder wie?« Er lacht. »Wallah, ich sterb hier vor Langeweile, ja ... Ich schwöre dir.«

»Warst du immer da oder wie?«

»Ja Mann!«

»Hab ich was verpasst?«

»Gestern war Schlägerei, Wendekreis. Aber todeslangweilig. Dings, dieser große Zigeuner aus der Zehnten hat sich mit so eim Typen aus unsern Jahrgang geschlagen ... Im Endeffekt haben beide abgekackt, ich hab Macke gekriegt vor Langweile ... Aber ey, weswegen ich anrufe, Dings, kennst du diesen Taner aus unser Nachbarklasse? Weißt doch, der, der immer Muskelshirt trägt, obwohl er aussieht wie der letzte Lappen?«

Meint er den Taner von gestern? Völlig vergessen, dass ich ihn vor dem ersten Laden getroffen hab. Hä, aber was hat Momo damit zu tun? »Ja«, antworte ich zögerlich.

»Ich schwöre, er erzählt überall rum, dass du die Computer geklaut hast, Lukas.«

»Äääh.« Mir bleibt die Luft weg. Ich haue mit der flachen Hand auf meine Brust und versuche einzuatmen. »Was? Wie, er erzählt das überall rum? Is dein Ernst grad?«

»Wallah. Er meinte, er hat dich bei seim Onkel vor dem Laden getroffen, dass du vorher mit zwei andern Computer an ihn verkaufen wolltest und dein einer Kumpel dann Faxen gemacht hat, bla ... Ich hab ihn gesagt, er soll sein Schnauze halten, aber jeder hat's gehört, ja ... Ganz ehrlich, Lukas, stimmt dis?«

»Was meinst du?«

»Na, warst du bei dem Laden?«

»Keine Ahnung, ich war gestern mit 'nem Kumpel in paar Läden, weil er sein alten Computer irgendwie loswerden wollte.« Meine Stimme überschlägt sich. Hoffentlich glaubt Momo mir.

»Okay ... Ja, Dings, Dicker, komm mal auf jeden Fall wieder Schule. Die Lehrer werden von seiner Story nix mitbekommen, aber wenn du weiter fehlst, genau jetz, is übertrieben auffällig. Ich schwör's dir!«

»Mann, aber was is er denn für einer, dass er so 'ne Scheiße erzählt einfach? Richtiger Spast! Aber ja, ich wollt morgen eh wiederkommen.«

»Ja, is besser, glaub mir!«

»Wolln wir uns kurz vor acht vorne am Tor treffen?«

»Jo, lass machen. Und Dings, sag dem N****, er soll auch kommen, falls du ihn noch siehst. Taner sagt, ein Schwarzer war noch dabei.«

»Okay, sag ich ihm. Dann danke erst ma und bis morgen, ja.«

»Sowieso. Hau rein, Lukas!«

Ich starre fassungslos auf mein Handy. Scheiße! Scheißeee! Scheiß Taner! Scheiß Computer! Scheiß Julius! Scheiß Sanchez! Scheiße! Fuck! Kacke! Fuuuck! Ich haue mir das Handy gegen den Kopf und schaue mich hektisch um. Was zur Hölle soll ich jetzt machen? Das war's, spätestens jetzt sind wir gefickt. Selbst wenn keiner direkt petzen wird, früher oder später wird das irgendein Lehrer mitbekommen und dann auf jeden Fall zu den Bullen rennen. Scheiße! Wir müssen die restlichen Computer unbedingt wegschmeißen nachher, ohne die haben die keine Beweise. Ich atme noch einmal tief ein und aus, drehe mich um und polter die Treppen herunter in den Picaldiladen. Sanchez steht gerade an der Kasse und bezahlt seine Hosen.

»Dicker, wo warst du denn? Haste jetz ma anprobiert die Hosen?«

»Scheiß ma drauf! Ähm, wir müssen ... äh, mach ma hinne, wir müssen, Dings, wir müssen was klären!«, stottere ich stimmlos.

Sanchez sieht mich fragend an. »Wat is denn mit dir eigentlich, kann ick ma bitte in Ruhe bezahlen?«

»Nee, komm ma jetz einfach!«

Er schmeißt das Wechselgeld und den Kassenzettel in die weiße Tüte auf der Theke und zuckt mit den Schultern. Ich stürme aus dem Laden, laufe die Straße hinunter in Richtung U-Bahn und bleibe an der nächsten Ecke stehen. Ich tippel auf der Stelle hin und her, ich brauch eine Kippe oder irgendwas, um mich zu beruhigen. »Hast du Zigaretten?«

Sanchez nickt, kramt eine einzelne Kippe aus einer Hosentasche und hält sie mir hin. »Dicker, wat is denn los, Alter? Komm ma klar, Lukas! Geht mir übertrieben auf'n Puffer so wat ...«

Ich sage nichts und stecke mir zitternd die plattgedrückte Zigarette in den Mund, zünde sie an und ziehe zweimal.

»Locooo, soll ick dich angreifen? Jetz sag, Alter!« Sanchez packt mich an der Schulter und schüttelt mich.

»Ja, Momo hat grad angerufen. Er hat erzählt, dass ... also ich ... gestern ja, als wir aus dem einen Laden rausgeschmissen wurden und ihr schon weggerannt seid, da hab ich kurz einen Typen aus unserer Nachbarklasse gesehen, Taner heißt der. Jedenfalls war das wohl der Laden von seinem Onkel, der alte dicke Baba da am Tresen, der hat diesem Taner dann erzählt, dass wir ihm Computer verkaufen wollten. Und jetzt erzählt Taner in der Schule überall rum, dass ich eingebrochen bin, weil ich die Computer da verkaufen wollte. Jeder weiß das wohl jetzt, und Momo meinte, dass wir auf jeden Fall wieder zum Unterricht kommen sollen, damit's nich zu auffällig is, also dass wir ausgerechnet jetzt fehlen ... Ich schwöre, wir sind gefickt jetzt, früher oder später kommt das raus. Sicher. Wir müssen unbedingt die restlichen PCs wegschmeißen, damit uns keiner was nachweisen kann.« Ich ziehe so doll an der Zigarette, dass der Filter heiß wird. Sanchez sieht mich an, setzt seine Cap ab, fährt sich mit der anderen Hand über den Kopf, nimmt mir die Kippe weg und steckt sie sich in den Mund.

»Dein Ernst?«, fragt er und spuckt auf den Boden. Ich nicke.

»Okay ... ähm ... ick ... egal, lass erst mal Richtung zu Hause fahren.« Ich nicke wieder. »Wo is die U-Bahn?« Ich zeige schräg über die Straße und laufe los.

»Lass mich ma noch ma ziehen«, sage ich und nehme noch einen Zug, bevor wir zum U-Bahnhof runtergehen.

»Wie viele Stationen noch?«, fragt Sanchez.

»Hab nicht drauf geachtet, wo sind wir grad.«

»Grenzallee, glaub ick.«

»Dann noch fünf.«

»Allet klar.« Sanchez lehnt sich wieder zurück. Er sitzt mir im Vierer gegenüber und sieht nachdenklich aus. Plötzlich beugt er sich wieder zu mir nach vorne. »Aber ganz ehrlich, Lukas«, flüstert er, »lass mal jetz nich vorschnell alles wegschmeißen, sondern erst ma abwarten, wat morgen passiert in der Schule. Wenn alles so is, wie Momo sagt, hauen wa einfach früher ab und feuern die Scheiße direkt in 'n Kanal, kriegt keener mit. Aber wenn nich ...« Er reibt die Zeigefingerspitzen über seinen Daumen. »Katschingg! Dann ham wa den Jackpot, Alter. Loco, weißt du überhaupt, wat dit heißt, wenn wir noch ma fünf Computer mit Bildschirmen verkoofen? Und ab dem Moment, wo die weg sind, kann uns keiner mehr wat. Keener. Noch ma ein, zwei Scheine für jeden, und bamm, gib ihm. Dit war't. Kein Stress mehr, gar nix. Dicker, tu mir nur den Gefallen, lass noch einen Tag abwarten und cool bleiben, und morgen wissen wa dann, wie's weiterläuft, okay?« Er gestikuliert wild herum und sieht mich dabei an, ich versuche seinem stechenden Blick auszuweichen. Ich hasse es, wenn er mich so bequatscht. Selbst wenn das alles nicht so schlimm wäre, wie Momo sagt ... Wir haben jeder 200 Euro quasi geschenkt bekommen, und wenn wir jetzt einfach vernünftig bleiben und die Computer wegschmeißen, sind wir auf der sicheren Seite.

»Brauchst gar nich den Kopp zu schütteln, du weißt, dass ick recht habe.« Sanchez grinst.

Habe ich den Kopf geschüttelt? Gar nicht gemerkt.

»Maaaaann, scheiß doch mal auf die paar Euro ...«, sage ich.

»Die paar Euro? Dicker, soll ick dir dit noch ma vorrechnen oder wie? Locooo ... Glaub mir einfach. Als ob der eine Tag den Unterschied macht.«

Ich zucke mit den Schultern. Klar, so wie er das erzählt, ergibt das immer alles Sinn und klingt einleuchtend und bla.

»Guck ma, wie spät is jetz?«, sagt Sanchez und schaut auf sein Handy. »13 Uhr. Okay, ick verspreche dir hoch und heilig, wenn morgen um die Zeit irgendwat schlimmer is als jetz, und wenn's nur 'ne Kleinigkeit ist, dann schwör ick dir, schmeißen wir den Rest weg, und ick halte für immer die Schnauze, was dit Thema angeht. Aber wie gesagt, noch ein Tag cool bleiben, Asere ...« Die Bahn wird langsamer. Sanchez schaut aus dem Fenster und sucht nach dem Namen der Station.

»Wir sind Johannisthaler, eine noch«, sage ich. »Mann, aber, Dicker, selbst wenn morgen alles genauso ist und Momo übertreibt, haben wir trotzdem noch keine Idee, an wen wir die Computer loswerden. Die liegen so lang bei dir im Zimmer, bis die Bullen irgendwann auf uns kommen, dann durchsuchen die unsere Wohnungen, und dann is vorbei ...«

»Mann, wir ham's effektiv doch erst drei Stunden überhaupt probiert die zu verkoofen, und hat ja dann auch geklappt. Oder nicht? Wir sind auf einen Schlag drei Dinger losgeworden. Und jetz überleg dir ma, wenn wa dit 'n bisschen strategischer angehen – ihr hört euch um, ob jemand vielleicht Intresse hätte, die restlichen alle auf einmal zu koofen, ick mach auch ma 'n paar Anrufe nach Hellersdorf. Dit wird. Glaub mir! Spätestens am Wochenende sind die verkauft, und so schnell kommen die Bullen nicht klar ...«

»Dicker, hast du noch nie 'n Umzugskarton zusammengefaltet? Erst ditte, dann dit, dann dit, runterdrücken und fertig. Is doch keen Hit.« Sanchez faltet den Karton von Julius mit drei Handgriffen zusammen. »Zack, hier!«

Julius stellt zwei Computer in die Umzugskiste, guckt, ob sie oben noch zugeht, und schnappt sich zwei Monitore.

»Dings, meine is fertig, ja. Von mir aus kann losgehen«, sagt er.

Meine Kiste ist auch schon gepackt und zu. Übertrieben schwer das Ding. Zum Glück wird es draußen langsam dunkel. Keine Ahnung, ob ich die Schlepperei überhaupt schaffe. Ich hebe die Kiste noch mal an. Nee. Auf keinen Fall, bis zu Sanchez mit den Dingern bepackt ist auf jeden Fall zu weit.

»Wollen wir Bus fahren? Is übertrieben schwer die Scheiße«, sage ich.

»Wie spät is denn?«, sagt Julius.

Ich gucke auf mein Handy. »Kurz vor zehn.«

»Dings, ich mein genau. Wie spät is genau? Wegen Bus ...«

»Ach so«, wieder hole ich mein Handy heraus. »Es ist genau 21:53 Uhr.«

»Bombe, ja. Wenn wir sofort losgehen, kriegen wir den um 59 noch. Okay?«

Ich nicke, Sanchez steht schon mit seinem Karton im Arm an Julius' Zimmertür.

»Angriff!«, sagt er. »Ach und ey, wie sieht's 'n aus, haste noch wat von dem Haze von heut Morgen, oder kannste deim Bruder noch wat zwacken?«

»Ich hab, ich hab«, antwortet Julius und klopft sich auf die Hosentasche. »Los, ja!«

KAPITEL 9

»Momo!?«, sage ich.

»Wer's da?«, fragt er.

»Äh, ich bin's, Lukas ... Kommst du noch?«

»Ah, Lukas ... Dings, nee, Mann. Wallah, kein Bock heut, ja ...«

»Ach so ... Okay, dann, keine Ahnung, bis morgen oder so.«

»Ja, sowieso. Und ey, wegen diesen Taner: Wenn er weiter Storys erzählt, ich schwöre, sag mir, ja? Ich hab ihn gesagt, er soll sein Fresse halten. Ich fick seine Mutter sonst ...«

»Jo, alles klar. Dann bis morgen einfach. Mach's gut!«

»Hau rein, Dicker!«

»Momo kommt nicht«, sage ich zu Sanchez und stecke mein Handy ein.

»Hab ick schon mitbekommen. Aber egal, scheiß drauf, Loco. Lass rinnjehen!« Er schnipst seine Kippe weg läuft durch das Tor auf das Schulgelände. Ich schaue mich um. Viel zu viele Leute auf dem Schulhof, kurz vor acht stehen alle draußen und rauchen noch schnell eine. Ich will lieber niemanden sehen und auch nicht gesehen werden, ich gucke stur auf den Boden und laufe Sanchez hinterher. Kommt mir das nur so vor, oder starren mich alle an und grinsen blöd?

»OOOH, TONY MONTANA ...«, ruft irgendwer mir im Gang zu, aber ich dreh mich nicht um. Andauernd zwinkern mir Leute zu oder fangen an zu flüstern, wenn ich an ihnen vorbeilaufe, zeigen auf mich, rufen irgendwas. Selbst wenn es bisher noch kein Lehrer mitbekommen hat, spätestens heute wird es irgendwer merken. Sanchez bemerkt meine Blicke. »Allet jut!«, sagt er und lächelt mir zu. Wie alles gut? Hier ist überhaupt nichts gut – alle wissen Bescheid. Eine Gruppe aus unserem Jahrgang läuft an uns vorbei. »Er war das ... Wallah, er war das!«, sagt einer von ihnen zu seinem Kumpel und nickt in meine Richtung. Ich reagiere nicht.

»Lass ma gehen!«, flüstere ich Sanchez zu. Er winkt ab. »Is mein Ernst, Mann. Guck dich ma um, guck ma, wie uns alle angaffen ...«

»Hä, bist du hart? Wir können jetz nich einfach gehen, wie auffällig wär dat denn? Bleib ma ganz ruhig, Lukas. Is doch nüscht passiert bisher, und außerdem ...« Sanchez hört plötzlich auf zu reden. Aus einem Treppenhaus kommen drei Polizisten, sie laufen auf uns zu und glotzen. Ich weiche den Blicken aus, gucke wieder auf den Boden und gehe weiter geradeaus.

»Sind die weg?«, frage ich, ohne aufzusehen.

»Jo ... Scheiß Bullen, Alter. Ham die nüscht zu tun, oder wat?«

Wieso ist die Polizei denn immer noch hier? Leute befragen? Fingerabdrücke nehmen? Oder hat irgendwer gepetzt? Wieso haben die mich so angestarrt?

»Lukas«, sagt eine Männerstimme hinter mir. Ich

drehe mich um. Einer von den Vertrauenslehrern, Herr Reinicke, steht da und sieht mich an.

»Herr Reinicke, hallo …«, sage ich leise.

»Dich hab ich gesucht, Lukas. Ich würde dich gerne mal kurz sprechen heute. Würde es dir direkt nach der ersten Stunde passen, ist wichtig?« Er sieht abwechselnd mich und Sanchez an, ohne dabei eine Miene zu verziehen. Was will er denn von mir? Ich habe dieses Jahr nicht einmal Unterricht bei ihm. Er weiß es – so ernst, wie er aussieht, so wortkarg, wie er ist. Er weiß alles, normalerweise redet er viel, lächelt, ist freundlich. Fuck!

»Jo, äh, klar … Also, keine Ahnung, ob ich helfen kann, aber … Worum geht's denn?«

»Ich denke mal, du weißt, worum's geht …«, sagt er nur. »Aber super, dann um kurz vor neun im VLB.«

Ich nicke abwesend, Herr Reinicke dreht sich um und läuft in Richtung des siebten Jahrgangs. Sanchez steht neben mir und tippt auf seinem Handy herum. Er steckt es grinsend ein und schaut mich an. »Wat heißt VLB?«

»Was VLB heißt? Is doch scheißegal, Alter. Hast du nich zugehört grade? Wir sind gefickt, Mann. Der weiß Bescheid, Alter!«

»Dicker, wenn der Bescheid wüsste, hätten die Bullen uns eben schon gecasht … Der weiß gar nix.« Wieder holt Sanchez sein Handy aus der Tasche und fängt an zu lächeln.

»Dicker, bist du behindert? Und steck doch ma dein scheiß Handy weg jetz! Hast du nich gesehen, wie die Bullen uns angeguckt haben, wie uns alle hier anstarren? Sag mir lieber, was wir jetz machen, wenn du nicht gehen willst.«

»Wat denn angestarrt? Niemand starrt uns an, Dicker. Dit bildest du dir ein. Glaub mir!« Es klingelt zur Stunde, der Gang leert sich.

»Asere, geh einfach dahin und hör dir an, wat er zu sagen hat. Wenn's wirklich um die Computer geht, streiteste allet ab und versuchst irgendwie rauszukriegen, was die an Beweisen haben, dann könn wa reagiern. Aber ey, noch ma: Mach dir keine Platte, ick schwöre dir, der weiß nix.« Sanchez nickt in Richtung unseres Klassenraumes und läuft los.

»Dann komm wenigstens mit!«, zische ich.

»Wie, wat, wohin denn?«

»Na, zu Reinicke ins VLB nach der Stunde …«

»Ach so. Hä, wieso denn? Er wollte doch mit dir sprechen, Mann. Der weiß gar nich, wer ick bin, Loco. Aber meinetwegen, wennde dann ruhig bist, komm ick mit.« Sanchez zuckt mit den Schultern. Wie kann er so gelassen sein? Ist er einfach nur dumm, oder blendet er das alles aus? Er kann unmöglich wirklich so cool sein.

»Wat heißt VLB denn nun?«, fragt Sanchez, als er gerade nach der Türklinke zum Klassenzimmer greift.

»Mann, Vertrauenslehrerbüro. Is da bei der Aula gegenüber«, sage ich.

»Ach so, okay. Ja, ick komm mit, keen Hit!« Er öffnet die Tür, und wir treten ein.

Alle starren mich an. »Shuuu, Bill Gates!«, ruft Samir aus der letzten Reihe, alle lachen. Kacke!

Wo bleibt Sanchez denn jetzt? Er meinte doch vor fünf Minuten, dass er nur kurz auf die Toilette will und dann kommt. Den Weg wird er ja wohl alleine finden.

Ich gucke auf die Uhr über dem Eingang zur Aula, 8:58 Uhr. Ich muss da jetzt rein, wenn ich einfach nicht auftauche, ist das megaauffällig.

Auf einmal geht das Büro von Herrn Reinicke auf, und er steht in der Tür. Er sieht mich, lächelt kurz und winkt mich herein. Ich sehe mich noch einmal um, Sanchez ist nirgends zu sehen. Lässt er mich echt hängen jetzt? Was ist er denn für einer? Scheiße … Ich atme tief ein und schlurfe in das Büro von Herrn Reinicke.

»Schön, dass das direkt geklappt hat, Lukas. Setz dich doch bitte!« Er zeigt auf die Stühle vor seinem Schreibtisch. Zumindest sieht er nicht mehr ganz so ernst aus wie vorhin.

»Danke.« Ich setze mich. Der Stuhl ist unbequem, egal wie ich sitze, irgendwas drückt. Während ich auf dem Stuhl hin und her rutsche, verschwindet Herr Reinicke in den Nebenraum. Er kommt mit einer Tasse in der Hand zurück und setzt sich. »Kaffee ist wichtig. Ohne Kaffee geht gar nichts.« Er nimmt einen Schluck. »Oder? Trinkst du schon Kaffee?«

»Ja, ähm, Kaffee ist … Entschuldigung, worum geht's denn?«

»Also, Lukas, ich sage es geradeheraus.« Er trinkt und stellt die Tasse ab. »Es geht um die geklauten Computer und um dich.«

Ich schlucke, Schweiß bildet sich auf meiner Stirn. Als das Telefon auf dem Schreibtisch auf einmal anfängt zu klingeln, zucke ich vor Schreck zusammen.

»Nee, ich kann jetzt nicht.« Herr Reinicke hebt den Hörer kurz an und lässt ihn direkt wieder auf das Telefon fallen, ohne den Blick von mir zu lassen. »Also, wie gesagt, es geht um den Einbruch letzten Sam... Meine Fresse!« Wieder klingelt das Telefon. »Entschuldigung, ich muss da mal kurz rangehen. Du kannst kurz vor der Tür warten, dauert auch nicht lange ...« Er hebt den Hörer ab. »Ja, Reinicke, guten Tag?«

Ich stehe zitternd auf und greife meinen Rucksack. Meine Schritte sind wackelig, so als ob ich jeden Moment zusammenklappe, hoffentlich sieht man das nicht. Ich verlasse das Büro. Draußen im Gang ist es ruhig. Ich hole ein paarmal tief Luft, mein Puls beruhigt sich trotzdem nicht. Was hat er genau gesagt, es geht um mich und die Computer oder so? Was soll das heißen? Na ja gut, was soll das wohl heißen? Das kann nur genau das heißen, was ich glaube. Er weiß Bescheid, hundertpro. Aber was will er jetzt von mir? Wenn die wissen, dass ich das war, und hier sowieso die ganze Zeit Bullen durch die Schule laufen, warum sollten die sich noch die Mühe machen, mit mir zu sprechen? Wahrscheinlich wissen die nur von mir und ich soll ihnen sagen, wer noch dabei war. Die können sich ficken, ich verpetz die anderen nicht. Kann er vergessen. Auf keinen Fall. Soll ich einfach gehen? Dann können wir wenigstens die Computer noch irgendwie wegschaffen, und die haben keine Beweise. Ich muss Sanchez erreichen.

Die Tür hinter mir geht auf. Herr Reinicke. »Lukas, das dauert hier noch fünf Minuten. Warte einfach noch kurz, ich schreib dir dann einen Zettel für deinen

Lehrer, dass du entschuldigt zu spät kommst, okay?« Ich nicke kurz, und er verschwindet wieder in seinem Büro.

Ich hole mein Handy aus der Hosentasche, öffne die Kontakte und rufe Sanchez an. Es tutet. Warum geht er denn nicht ran? Es tutet immer noch ... Was ist denn mit ihm auf einmal? Fuck. Dann Julius, ich muss irgendwen sprechen. Soll er sich irgendwas überlegen, und wenn wir bei Sanchez einbrechen müssen, um die Computer da rauszukriegen. Ich rufe Julius an. Handy aus. Scheiße, Mann. Und jetzt? Gino anrufen? Nee, das bringt nichts. Höchstens Marco könnte ich noch anrufen. Er kann immer irgendwie helfen, aber eigentlich soll er das gar nicht wissen. Scheiß drauf, ich ruf ihn an.

»Ja?«, sagt Marco nach dem fünften Klingeln.

»Marco, Lukas hier. Pennst du noch?«

»Jetz nicht mehr, ja. Was los, Bruder, warum rufst du an so früh?«

»Ich, ähm, Dings ...« Was soll ich jetzt eigentlich sagen?

»Bist du noch dran?«, fragt er.

»Äh, ja ich bin dran ... ich ... äh ...«

»Dicker, ich schwöre, was los, ja? Stotter doch nich so rum!«

»Ich ... Mann, keine Ahnung, Alter ... Wir ... Du hast doch mitbekommen, dass hier in unserer Schule ... das mit dem Einbruch, wa?«

»Ja, wieso?«

»Ähm ... Dings ...«

»Cüs, Lukas, was los, Alter? Rede oder ich leg auf, ja!«

»Wir war'n das ...«

»Was? Wie, ihr wart das? Was wart ihr?«

»Na wir war'n das. Wir sind hier eingebrochen«, flüstere ich.

»DEIN ERNST?« Stille.

»DEIN ERNST GRADE, LUKAS? BIST DU BEHINDERT, ALTER? ICH SAG DIR JEDES MAL, MACH KEINE SCHEISSE, PASS AUF DICH AUF, LASS DICH NICH AUF IRGEND'NE SCHEISSE EIN, JA ... ICH SCHWÖRE DIR ...«

»Ja, Mann. Ich ... War nich meine Idee, ja ... Wir haben ... Keine Ahnung, ich hab mich da so ... Mann, ich weiß auch nicht. Die haben mich da reingequatscht, ich hab die ganze Zeit gesagt, dass das scheiße ist und wir gefickt werden und ...« Marco atmet tief ein und aus.

»Wer hat dich da reingequatscht?«

»Is doch egal ...«

»Wie is egal? Lukas, ich schwöre dir, sag!«

»Mann, Gino, Julius und Sanchez ...«

»Wer is Sanchez?«

»Kennst du nicht ... Kumpel von mir, ist doch aber auch egal jetz. Jedenfalls steh ich grad vor dem Büro von einem Lehrer, der mit mir sprechen will, und er meinte, es geht um mich und die Computer. Ich glaub, der hat's irgendwie mitbekommen und weiß Bescheid ... Jeder hier in der Schule weiß es, glaub ich. Keine Ahnung, Mann. Ich ... was ... was soll ich denn jetzt machen? Du musst ... du musst mir irgendwie helfen!« Marco lacht kurz auf.

»Ja, und was soll ich machen, Alter?«

»Keine Ahnung ...«

»Alter Lukas, ey. Ich fick so was, ja … Wo habt ihr die Dinger?«

»Bei Sanchez.«

»Wo wohnt der?«

»Bei uns im Haus, drei Türen weiter.«

»Bei uns im Haus? Auf derselben Etage?«

»Ja …«

Marco fängt laut an zu lachen.

»Ich hab gesagt, lass die einfach in ’n Kanal schmeißen, dann sind sie weg, und die können uns nix. Ist doch am besten, oder?«

»Mann, Dicker, Alter … Kann doch alles nich dein Ernst sein grade … Keine Ahnung, ja. Und was war jetz mit dein Lehrer?«

»Ich steh grad vor seinem Büro. Er holt mich gleich rein und will irgendwas reden, meinte er.«

»Okay … Dings … Ich muss kurz nachdenken, ja. So ’n Schocker hier am Morgen, ich schwöre … Geh du ma erst ma da rein, hör, was er redet, und egal wie viel er weiß, sag nichts! Und niemanden verraten, ja! Wir telefoniern danach noch mal.«

»Alles klar …«

»Alles klar. Hade, tschüss!«

Ich sinke an der Wand neben dem Büro auf den Boden. Ich lege den Kopf auf die verschränkten Arme auf meinen Knien. Was für eine Scheiße alles.

Die Tür geht auf. »So, jetzt. Tut mir leid … Äh, alles in Ordnung?«, fragt Herr Reinicke, als er mich auf dem Boden sitzen sieht. Ich nicke wortlos und stehe auf. Einfach ruhig bleiben, hören, was er erzählt, und nichts sagen! Marco wird schon was einfallen.

»Gut, ich komme mal direkt zur Sache, bevor du noch mehr Unterricht verpasst.« Herr Reinicke setzt sich wieder an seinen Schreibtisch, ich bleibe stehen. »Was hast du mir wegen der geklauten Computer zu sagen?« Ohne zu blinzeln, schaut er mir in die Augen.

»Wie, was ich Ihnen dazu zu sagen hab? Nichts, keine Ahnung … Ich weiß auch nur, was in der Zeitung stand und was die Bullen, äh, die Polizisten uns am Montag erzählt haben. Keine Ahnung … Wieso?« Ich fange an zu zittern und setze mich hin. Herr Reinicke lehnt sich in seinem Stuhl zurück und reibt sich die Augen.

»Na ja, als Schüler hört man ja, was so geredet wird. Eher als wir Lehrer auf jeden Fall. Und wir wissen bereits, dass es Schüler aus deiner Klasse gewesen sein müssen, weil einem Lehrer bei euch im Unterricht der Schlüssel geklaut wurde. Machen wir uns nichts vor, Lukas.« Er sieht zu der Tür rechts neben dem Tisch, dann zu der Richtung Gang, beide sind geschlossen. Er beugt sich über den Tisch zu mir. »Also wir sind ja hier unter uns, und die ganzen Schwarzköpfe hier werde ich bestimmt nicht um Hilfe bitten. Dass hinter dem Einbruch irgendwelche Alis stecken, wissen wir beide, aber die werden nichts verraten, die halten zusammen. Und genauso müssen wir Deutschen auch zusammenhalten. Du bist der einzige Deutsche in deiner Klasse, deswegen kann ich auch nur dich fragen.« Er zwinkert mir zu. »Also, mal ganz ehrlich: Das ist doch alles nicht mehr normal. Gott sei Dank wohne ich ja nicht hier, aber jeden Tag nur von irgendwelchen, wie sagt man jetzt so schön, Menschen mit Migrationshintergrund umgeben zu sein … Das hat doch nichts mehr mit Deutschland zu tun. Klein-Istanbul ist das hier mittlerweile. Und es ist ja auch kein Zufall, dass ausgerechnet auf unserer Schule, die so 'nen hohen Ausländeranteil hat, jeden Tag irgendeine Scheiße passiert – der Einbruch war ja nur die Krönung.« Er lacht kurz auf, dann schüttelt er den Kopf. »Das muss dir doch auch tierisch auf die Nerven gehen, oder? Na ja, jedenfalls, nur damit du mich richtig verstehst: Ich erwarte gar nicht, dass du direkt irgendwelche Antworten parat hast, aber halt doch einfach ein bisschen die Ohren offen bei dir in der Klasse, und wenn du irgendwas mitbekommst, meldest du dich bei mir.« Er nimmt einen Schluck aus seiner Tasse. »Weißt du, wir kriegen die sowieso. Ist nur eine Frage der Zeit, aber je schneller, desto besser. Mir ist es ein persönliches Anliegen, wenigstens ein paar von denen mal zu zeigen, dass es hier in Deutschland so was wie Regeln und Gesetze gibt. Bei sich können die Kamele klauen und machen, wie sie wollen, aber nicht hier. So, wie spät ist es?« Er schaut auf die Uhr an seinem Handgelenk. »Viertel nach neun schon, puh … Na dann schreib ich mal bis 9:20 Uhr, damit du nicht so hetzen musst.« Er kritzelt auf einem Schnipsel Papier herum, drückt ihn mir in die Hand und bringt mich zur Tür. »Danke fürs Warten, Lukas. Und halt durch hier.« Wieder zwinkert er mir so komisch zu und schließt die Tür hinter mir.

Was war das denn gerade? War das sein Ernst? Kamele klauen? Hä? Was redet er denn?

Aber bis auf das mit dem Schlüssel scheinen die immer noch nicht mehr zu wissen als am Montag. Und wenn die anderen Lehrer auch solche Nazis sind wie

Herr Reinicke, dann kommen die so schnell nicht auf mich. Irgendwelchen Schülern, die über Taner gehört haben, dass ich etwas damit zu tun habe, glauben die einfach nicht, weil es Ausländer sind. Gut für uns, aber irgendwie auch eklig. Krass ungerecht. Aber die anderen Lehrer sind nicht so, kann ich mir nicht vorstellen.

Was ist denn jetzt eigentlich mit Sanchez? Ich gucke auf mein Handy – immer noch nichts. Ist ihm irgendwas passiert? Ich rufe ihn noch mal an. »Der von Ihnen gewünschte Teilnehmer ist zurzeit lei...« Ich lege auf. Komisch.

Ich stehe vor dem Klassenzimmer und höre Geschrei durch die geschlossene Tür. Was ist denn jetzt schon wieder los, und wozu soll ich da eigentlich reingehen? Jetzt ist es ja eigentlich auch egal, ob es auffällig ist, dass ich nicht da bin. Ich weiß ja, was sie wissen, und ohne Momo und Sanchez ist auch scheiße. Ich glaube, ich geh nach Hause einfach.

Mein Handy vibriert, als ich gerade die Tür zum Schulhof öffne. Marco ruft an. Ach, fuck. Kacke ... Ich hätte cool bleiben und erst das Gespräch mit Reinicke abwarten sollen, dann wüsste Marco jetzt nicht Bescheid. Was sag ich ihm? Dass ich ihn verarscht habe? Glaubt er mir das? Nee, auf keinen Fall. Und selbst wenn, haut er mir nächstes Mal auf die Fresse, weil ich ihn dafür geweckt habe. Ich muss rangehen.

»Jo, äh Marco?«, sage ich.

»Fertig mit Gespräch?«

»Ja.«

»Okay, Dings, also: Ich hab bisschen rumtelefoniert. Paar Jungs, die ich über ein Kumpel kenne, würden euch alles, was ihr habt, auf ein Schlag abkaufen, ja. Du musst mir nur noch ma genau sagen, was das für Computer und Bildschirme sind und wie viele ihr habt, dann mach ich mit denen 'n Preis aus. Ihr trefft euch dann heute irgendwann nachts, hier Moabit, ja. Ich muss arbeiten und kann auch nich Schicht tauschen, müsst ihr also alleine machen. Aber ich regel alles vorher. Ihr geht dann nur da hin, redet mit Abdul, nehmt erst die Kohle, gebt denen die Scheiße und haut ab. Dauert eine Minute.«

»Äh, okay. Und woher kennst du die, also wer is das?«

»Is doch egal, wer das is. Sag deinen Freunden auf jeden Fall, dass sie die Schnauze halten sollen und keine Faxen machen, ja! Besonders Julius, ja, ich schwöre.«

»Okay …«

»Alles klar, du Gangster, ich muss jetzt ma auflegen, ja. Mach bloß keine Scheiße mehr, Alter! Ich schwör's dir …«, sagt er und legt auf. Ich starre das Handy in meiner Hand an, schüttle den Kopf und stecke es in meine Hosentasche.

Marco ist so krass. Wir haben vor dreißig Minuten das letzte Mal gesprochen, da hat er noch gepennt, und auf einmal hat er so einen Plan parat. Aber perfekt, so sind wir morgen alle Computer auf einen Schlag los und kriegen sogar noch Geld dafür. Mein Handy vibriert schon wieder: Marco.

»Äh, ja«, sage ich leise.

»Dings, was ich noch sagen wollte: Du kriegst trotzdem noch eine miese Schelle für die Aktion, ja. Ich schwör's dir, Lukas, geht nich so was …«

»Ja ja, dacht ich mir ... Okay, ich schreib dir später 'ne SMS, was das für welche sind und wie viele, und du sagst mir, wann wir wo hinkommen sollen und was die uns geben dafür, ja?«

»Jo. Was war denn jetz eigentlich mit dein Lehrer da?«

»Ach, nichts, er hat nur gefragt, ob ich irgendwas weiß. Ich glaub, die ham gar keinen Plan bisher.«

»Umso besser ... Egal, also, schreib mir, und ich meld mich dann. Hau rein!«

»Mach ich. Und danke, ja!«

»Bedank dich nach der Schelle noch mal!« Er lacht und legt wieder auf. Ich schließe die Augen, atme ein paarmal durch und laufe über den Hof zum Ausgang.

»LUKAS!«, ruft plötzlich jemand von der Seite. Sanchez. Als wenn nichts gewesen wäre, sitzt er auf den Bänken bei den Basketballkörben und raucht. Wo kommt er denn auf einmal her? Ich winke ihn zu mir, er nimmt seinen Rucksack und steht auf.

»Wo warst du denn?«, frage ich.

»Loco, frag nich«, sagt er und grinst breit.

»Hä, ich hab da auf dich gewartet, Mann. Du meintest doch, du gehst nur schnell pissen, und dann lässt du mich da mit diesem Psycho im Stich, Alter. Was los, Mann?«

»Mann, Dicker, tut mir leid. Aber glaub mir ... ey ... du glaubst mir eh nich.« Wieder fängt er übertrieben an zu grinsen.

»Was denn los?«

»Ick hab dir doch von dieser Schwarzen erzählt, aus der Zehnten, wa?!« Ich nicke. »Ick hab mir ja die

Nummer von ihr geklärt letztens und dann ab und zu mit ihr SMS geschrieben, bla. Jedenfalls, als ick vorhin auf Toilette bin, hat sie geschrieben und meinte, sie hat mich grad gesehen, und ick soll da auf Klo auf sie warten ... Muss ick noch mehr sagen?« Er klatscht die Hände zusammen und lacht. »Übertriiieben, Lukas!«

So ein Spast, ich sterbe da vor dem Büro vor Sorge und muss mir das Gequatsche von diesem Nazi anhören, und er fickt da erst mal eine aus dem Jahrgang über uns ... Ich schüttle den Kopf, muss aber trotzdem lachen.

»Ick hoffe, du verstehst, dass ick da Prioritäten setzen musste?«

»Gib ma lieber 'ne Kippe, du Opfer!«, sage ich. Sanchez macht eine neue Schachtel auf, reißt die Alufolie heraus, schnipst von unten gegen die Packung und hält mir die Zigarette hin.

»Mann, sei ma nich sauer jetz, Alter. Wenn du das Mädel gesehen hättest, hättste genauso gemacht, wett ick mit dir ...« Ich antworte nicht, nehme mir eine Kippe aus seiner Schachtel und zünde sie an.

»Wie war't denn überhaupt bei dem Typen?«, fragt er dann.

»Scheiß drauf. Is alles okay, die wissen nix«, sage ich.

»Ick hab doch gesagt, die wissen nix. Wat ick noch sagen wollte, meine Mutter is später zu Hause und wollte was kochen. Willste mitessen? Schmeckt geil.«

»Wann denn?«

»Wie wann denn? Weiß ick nicht. Irgendwann nachmittags ...«

»Okay, dann ja. Abends haben wir nämlich keine Zeit, Alter. Ach ja und wir müssen noch mit Julius reden, ich hab das mit den restlichen Computern alles geklärt.« Ich zwinkere ihm zu und ziehe an der Zigarette.

KAPITEL 10

»Und ihr seid in derselben Klasse?«, sagt Sanchez' Mutter und stellt einen Teller vor mir auf den Tisch. Sanchez und ich nicken. »Is ja ooch schau, wa? In derselben Klasse, und dann wohnta auch nebeneinander. Habtas ja nich weit, wenna Schule schwänzen wollt und einfach zu dem geht, der grad sturmfrei hat, wa.« Sie lacht.

»Übertrieben praktisch«, sagt Sanchez. »Wat meinste, wo ick die letzten drei Wochen meine Vormittage verbracht hab?« Er zwinkert mir zu, ich lache. »Ick hab mehr Zeit bei Lukas verbracht als zu Hause. Wat is denn jetzt eigentlich mit den Nudeln?«

»Frag se doch!«, sagt seine Mutter und läuft in die Küche. Ich beuge mich zu Sanchez. »Is deine Mutter immer so lustig?«

»Hä, Mutti is der Knaller, Loco. Wat meinst'n, was hier los, wenn Madame getrunken hat?« Wieder lache ich. »Die springt hier quer durch die Wohnung, Alter.« Sanchez' Mutter kommt wieder und stellt einen Topf Nudeln mit roter Sauce in die Tischmitte.

»Lukas heißt du, wa?«, sagt sie. »Kennste dit?« Sie sieht mich an und zeigt auf den Topf. Was meint sie? Ob ich Nudeln mit Sauce kenne, oder verarscht sie mich? Ich gucke zu Sanchez, er zuckt mit den Schultern.

»Ob ich Nudeln mit Sauce kenne?«, sage ich leise. Sie lacht.

»Na, Nudeln mit Sauce wirste ja wohl kennen. Ick meine, ob du schon ma Würstchensauce gegessen hast? Is 'n DDR-Gericht, weeß ick ja nich, ob ihr dit hier ooch esst ...« Sie nimmt meinen Teller und klatscht drei Kellen Nudeln drauf.

»Ach so ... Nee, Würstchensauce hab ich noch nie gegessen. Mein Vater macht meistens Bolognese, oder ich ess die einfach mit Ketchup ...«, sage ich.

»Dicker, dein Ernst? Alter, Würstchensauce is dit beste überhaupt.« Sanchez fuchtelt mit den Armen. Ich esse die erste Gabel.

»Und?«, fragt er.

»Heiß ...«, sage ich. »Aber geil, ja. Sehr lecker!«

»Oder? Is der Brecher, Alter.« Sanchez schaufelt sich die nächste Gabel in den Mund.

»Und, wie ist das für Sie so, jetzt hier in Neukölln zu wohnen?«, frage ich seine Mutter.

»Hast du mich grad jesiezt? Wie alt bin ick, hundert?«, antwortet sie. »Ick heiße Gabi ...«

»Okay, sorry, dann Gabi.«

»Danke, sonst fühl ick mich immer wie so 'n Rentner. Ja, aber nee, is schon in Ordnung hier. Is jetzt auch nich so viel anders als Hellersdorf, außer dasset hier viel mehr Ausländer gibt. Find ick aber ehrlich gesagt jut so. Wat wir uns in Hellersdorf allet anhören mussten von den janzen Schwachköppen da, weil meine Jungs 'n bisschen dunkler sind ... Kannste dir nicht ausdenken.« Sie steht auf und holt eine Flasche Billigfanta aus dem Kühlschrank. Ich gucke Sanchez an, er nickt.

»Hatse recht«, sagt er dann und piekst die nächsten Nudeln auf.

»Ick gloobe, dit Schlimmste war, als ick mit meinen beiden Jungs mal einkaufen war, als die noch klein waren beide, und irgendwelche Idioten uns hinterhergelaufen sind und die janze Zeit ›hier stinkt's nach Bimbo‹ gebrüllt haben. Kannste dich daran erinnern?«, sagt sie und guckt Sanchez an.

»Hä? Türlich. Diese Wichser, Alter. Aber ey, dit würden die sich heutzutage auch nich mehr trauen. Glaub mir!«, antwortet er.

»Ick hab mich dann umgedreht und gefragt, ob die 'ne Macke haben, und dann hamse gesagt, ick soll weggehen, bevor sie ooch N**** werden, weil ick denen zu nahe komme. So wat Dummet hab ick auch selten erlebt.« Sie schüttelt den Kopf. »Dit passiert hier bestimmt nicht, oder?« Sie sieht mich an.

»So was nicht, nee. Nazis gibt's hier auf jeden Fall keine. Die würden hier auch nich lange überleben, ehrlich gesagt«, sage ich und lächle.

»Will ick doch wohl meinen«, sagt Sanchez' Mutter und gießt uns von der Fanta ein.

»Wie kurz willste denn haben?«, sagt Sanchez. Ich sitze in seinem Zimmer auf einem Stuhl, er steht mit der Haarschneidemaschine hinter mir.

»Mach ma an den Seiten und hinten drei Millimeter, oben so zehn. Und auf jeden Fall mit Übergang!«, sage ich.

»Loco, natürlich mit Übergang. Ick würd mich nirgends mit dir blicken lassen, wenn du so 'n hässlichen

Übergang hättest. Gibt auch nix Hässlicheret.« Er lacht und fängt an zu schneiden.

»Alter, war das eigentlich wirklich so schlimm mit den Nazis da in Hellersdorf?«, frage ich.

»Dicker, ick und mein Bruder waren die einzigen Schwarzen zwischen den ganzen Glatzen da, wat glaubst 'n du? Wir ham so oft auf die Fresse bekommen, Loco. Irgendwann hab ick zum Glück noch genug andere Kubaner kennengelernt und 'n paar Russen, ab da war's dann entspannter. Mach mal Kopf 'n bisschen höher kurz!«, sagt er, stellt sich vor mich und guckt, wie viel er noch rasieren soll.

»Okay, 'n Stück noch«, sagt er und setzt die Maschine wieder an. »Wann geht's 'n nachher los eigentlich?«

»Na ja, Marco meinte, wir sollen um eins da Beusselstraße irgendwo sein. Ich würd sagen, wir fahren einfach um null Uhr hier los, Julius weiß auch schon Bescheid«, sage ich.

»Allet klar.« Er dreht sich um, greift nach einem Handspiegel und reicht ihn mir. »Hier, guck ma kurz in Spiegel, ob's vonna Länge und Höhe gut is so.«

Ich nehme den Spiegel und gucke mich an. »Is geil so. Ach so, Dings, sind die Computer und Bildschirme eigentlich noch in den Kisten, mit denen wir die von Julius geholt haben?«, frage ich.

»Sowieso, könnwa so, wie se sind, mitnehmen ... Okay, jetzt noch Übergang und dann ist fertig, Loco.«

KAPITEL 11

»Wie, ihr wurdet abgezogen?«, sagt Marco.

»Ja keine Ahnung, Mann. Ich … die … Die haben uns abgezogen, was soll ich sagen?«, antworte ich.

»Jaja …« Er lacht kurz auf. Ich atme tief ein und aus.

»Ohne Spaß!«

»Erzähl ma kein Scheiß jetz, Dicker!«

»Marco … ich erzähl kein Scheiß … Wirklich jetz.«

»Dein Ernst?«, fragt er, ich schweige.

»LUKAS, IS DEIN ERNST GRADE?«

Ich nehme das Handy vom Ohr. »Ja, Mann, warum soll ich mir das ausdenken?«

»Mach ma Lautsprecher!«, ruft Julius, ich winke ab. Er verdreht die Augen, nimmt einen Schluck Wodka und gibt Sanchez die Flasche.

»WAS IHR WURDET ABGEZOGEN? Wie denn, Alter? Ich hab doch genau gesagt, wie ihr machen sollt … Ich schwöre, was denn passiert, Lukas?«

»Ja, keine Ahnung, wir haben … Mann, wir haben alles gemacht, wie du gesagt hast. Wir waren Punkt eins Beusselstraße, da hinter der Brücke auf dem Parkplatz von diesem Baumarkt, haben gewartet, paar Minuten später kamen zwei Autos, ein Typ ist ausgestiegen, der meinte, dass wir …«

»Wie sah der aus?«

»Hä, wie, wie sah der aus? Wie soll der ausgesehen haben? Keine Ahnung, Kanake halt. Schwarze Haare, Boxerschnitt, Kette, älter als wir. Vielleicht so neunzehn, zwanzig ...«

»Dicker, Abdul hat lange Haare, Mann und ich hab dir gesagt, du sollst nur mit ihm reden. Sonst mit niemand. Sag ma nich, ich hab gesagt! Ganz ehrlich ...«

»Ja, hä, na, woher soll ich denn wissen, wie dieser Abdul aussieht? Ich dachte, das wär der ... Das war doch kein Zufall, dass die alle genau dann da waren. Die müssen ja irgendwie Bescheid gewusst haben.«

Marco schnauft ins Telefon, als würde er versuchen, sich zu beruhigen. »Okay, wie ging's dann weiter?«

»Der Typ meinte, wir sollen ihm die Taschen geben, weil er kurz gucken will, dann haben wir ihm die halt gegeben, er hat die ins Auto gepackt, sich danebengesetzt und dann ... sind die gefahren einfach ... Das ging so schnell, dass wir gar nix machen konnten, auf einmal waren die weg. Keine Ahnung.« Aus dem Augenwinkel sehe ich, wie Julius den Kopf schüttelt.

»Dein Ernst, ey? Ihr könnt ihm doch nich einfach geben, ja ... Ich fick so was.«

»Mann, was soll ich machen? Keine Ahnung, wie so was läuft. Ich dachte, das werden die schon sein, wer soll das sonst sein, Marco?«

»Okay, egal, ich mach ma paar Anrufe jetz und klär das.« Ich nehme das Handy vom Ohr und schließe kurz die Augen.

»Nein, scheiß ma drauf, Marco. Ich hab ... is doch egal jetzt, mach bitte nix einfach! Bitte ...«

»WAS MACH NIX? DICKER, SO WAS GEHT NICH!«,

schreit er ins Telefon. »ICH SCHWÖRE DIR, LUKAS, ICH LASS MICH NICH VERARSCHEN, JA. WAS DAS FÜR LEUTE, DIE KLEINE JUNGS ABZIEHEN?«

»Marco ... Ist doch ... scheiß einfach drauf, okay! Die haben uns verarscht und nicht dich. War unsere Schuld, wir hätten ihnen das nicht einfach geben sollen. Mach keine Scheiße, ich hab kein Bock, dass jetz noch irgendwas kommt. Wirklich. Bitte nicht!«

Wieder atmet Marco laut in den Hörer. »Ich meld mich noch ma, okay. Passt auf euch auf, ja.«

»Ja, machen wir, und bitte ... bleib einfach ... scheiß einfach drauf, Marco.«

»Ja ja, ich mach das schon. Hau rein!« Er legt auf.

Einen Moment halte ich mir das tutende Handy noch ans Ohr. Marco hat sich gerade genauso angehört wie früher, wenn er kurz davor war, irgendeine Scheiße zu machen.

Ich sehe die anderen an, Julius hat die Wodkaflasche fest umklammert, Sanchez lehnt mit dem Kopf am Fenster, die vorbeiziehenden Lichter der Laternen und Häuser verschwimmen in der Dunkelheit. Die S-Bahn wird langsamer, als wir in den nächsten Bahnhof einfahren. Keine Ahnung, wo wir gerade sind. Ich suche nach dem Namen der Station, kann ihn aber nicht erkennen.

»Wo sind wir?«, frage ich.

»Bundesplatz, glaub ich«, antwortet Julius. »Du hättest ihm nich geben sollen, Lukas.«

»Is dein Ernst? Die andere Tasche hast du ihm doch selber gegeben«, sage ich.

»Ja, aber nur, Dings, weil du ihm gegeben hast. Ich

dachte, wär so abgesprochen, ja. Weiß ich doch nich, was du vorher mit deim Bruder abgemacht hast ... Dings, wenn ich gewusst hätte, ich hätte ihm niemals gegeben ... Was sagt denn Marco?«

Ich schüttele den Kopf.

»Sag!« Julius trinkt noch einen Schluck, verzieht das Gesicht und beugt sich näher zu mir.

»Was soll er gesagt haben, Marco halt. Bla, er kümmert sich, geht nich klar so was, was los mit uns ... Er ist richtig sauer auf jeden Fall und macht bestimmt irgend'ne Scheiße jetzt.«

Julius starrt aus dem Fenster. »Ich schwöre, du hättest ihm nicht geben dürfen.«

»Mann, was, ich hätte ihm nich geben dürfen? Du hast ihm doch sel...«

»JUUUNGS!« Sanchez fuchtelt mit den Armen vor unseren Gesichtern rum. »Scheißt doch jetzt drauf. Is doch völlig egal, Alter. Wir wurden abgezogen. Na und? Wir sind zu dritt und wurden von fünf, sechs erwachsenen Kanaken abgezogen. Egal wer wem wat zuerst gegeben hat, die wären so oder so abgehauen. Gib ma lieber noch 'n Schluck von dem Woddi!« Er streckt Julius die Hand hin. Der nimmt noch einen Schluck und gibt ihm die Flasche.

»Wo kommt eigentlich der Wodka her?«, frage ich.

»Hab ich gekauft, ja. Zum Feiern eigentlich ... Aber jetz is auch egal. Ist Freitag, ja«, sagt Julius. »Willst du?«

»Ja, gib her, scheiß drauf. Wenigstens sind diese scheiß Computer endlich weg. Jetzt kann uns niemand mehr irgendwas nachweisen, damit ist die ganze Kacke dann wenigstens vorbei.« Ich setze die Flasche an, halte die Luft an und lasse meinen Mund komplett volllaufen. Ich muss dreimal schlucken, bis alles weg ist. Üüäh, ich hasse Wodka. Meine Speiseröhre glüht bis runter in die Brust. Sofort füllt sich der Mund mit Speichel.

»Hast du was zum Nachtrinken?«, frage ich mit ekelverzerrtem Gesicht und stelle die Flasche auf den Boden. Julius und Sanchez fangen an zu lachen. »Ja, voll lustig, habt ihr was?«

Sanchez wirft mir eine Caprisonne in den Schoß und nimmt sich den Wodka.

»Alter, Wodka is so eklig!« Ich fange selber an zu lachen. »Egal, gib noch mal!«

»Katastrophe, aber egal, lass Dings, einfach trinken heute, ja«, sagt Julius. »Ach so, Dings, Lukas, hast du noch Akku?«

»Ja, wieso«, sage ich.

»Mach ma meine SIM-Karte bei dir rein kurz, will gucken, ob jemand geschrieben hat. Ich kann auch ma paar Mädels fragen, ob heute was is, ja.«

»Loco, so gefällt mir dit! Paar Putas!« Sanchez grinst.

Ich mache mein Handy aus, montiere die Rückseite ab und nehme den Akku und meine SIM heraus. Julius gibt mir seine Karte, ich baue das Handy wieder zusammen und gebe es ihm. »Hier, musst PIN eingeben!«

»Warte, ich muss trinken ... Zweimal vier vier«, antwortet Julius und nimmt Sanchez den Wodka aus der Hand.

»Vier vier, vier vier? Dein Ernst?« Ich tippe den PIN ein. Der Bildschirm leuchtet auf. »Alter, du hast neun Anrufe in Abwesenheit.«

Julius nimmt die Flasche vom Mund. »Dein Ernst?«, sagt er. Plötzlich fängt das Handy in meiner Hand an zu vibrieren. Unbekannter Teilnehmer ruft an.

»Du wirst angerufen«, sage ich und gebe ihm das Handy. Ich trinke noch einen Schluck Wodka und kippe direkt Caprisonne hinterher, bevor der eklige Geschmack hochkommt. Julius starrt auf einmal völlig entgeistert ins Leere und knabbert an seinen Fingern herum.

»Nein, er is nich bei uns ...«, sagt er leise.

Mit wem telefoniert er denn? Wer ist nicht bei uns? Sanchez sieht genauso ratlos aus.

»Was los, Julius, wer is da?«, frage ich. Er schüttelt den Kopf und schaltet den Lautsprecher an. Jemand heult ins Handy, eine Frau.

»... ist er abgehauen, alles voller Blut, Henry auf dem Boden. Weiß ich nicht, ob er noch lebt«, sagt die Frau.

»Ist Ginos Mutter?«, frage ich. Julius guckt mir in die Augen, sagt aber nichts.

»Ich weiß nicht, was war plötzlich mit ihm los, war er wie anderer Mensch, nicht mein Gino ... Wenn ihr ihn seht oder er sich meldet, bitte sagt sofort Bescheid. Hab ich schon Polizei gerufen und Notarzt wegen Henry, okay?« Ihre Stimme überschlägt sich, sie ist völlig hysterisch.

»Ja, klar ...«, antwortet Julius stimmlos und legt auf.

Sanchez und ich starren ihn an, Julius legt den Kopf in die Hände und reibt sich die Augen.

Was ist passiert? Was ist voll Blut? Wo ist Gino? Julius reagiert nicht.

»Dicker, wat los?«, fragt Sanchez. Julius hebt langsam den Kopf. »Julius, was passiert? Was ist mit Gino? Was ist voll Blut? Warum ruft seine Mutter dich an so spät?«

»Dings, sie meinte irgendwas, Gino hat seim Vater Glasflasche auf den Kopf geschlagen und ihn getreten, als er auf dem Boden lag, ja. Danach is er weggerannt. Sie meinte, Ginos komplette Hand ist aufgeschnitten von dem Glas, und dass sie nicht weiß, wo er is … Ich … Keine Ahnung, ja …«, sagt Julius.

»WAT? Hä, Gino? Niemals, oder? Also ick kenn ihn ja nicht wirklich, aber dit passt ja überhaupt nicht.« Sanchez sieht mich fragend an. »Ma ernsthaft, dit passt nich, oder?« Ich schüttle den Kopf, Julius starrt wieder aus dem Fenster.

»Das kann doch nich stimmen«, sage ich. »Gino zieht doch seinem Vater keine Flasche über den Kopf. Niemals!«

»Doch!«, sagt Julius.

»Wie doch?«

»Ich hab ihn gesagt, er soll machen, und ihm Tilidin besorgt.«

»Was hast du gemacht? Ihm Tille besorgt?«

Julius legt seinen Kopf wieder in die Hände.

»Julius!? Is dein Ernst grade? Bist du behindert?«, sage ich. Er winkt ab. »Julius …? Dein Ernst?«

»Mann, was, is mein Ernst grade! Halt ma deine Schnauze, Lukas! Dings, glaubst du, ich mach das zum Spaß? Weißt du, was er mir immer erzählt für Sachen? Weißt du, was bei ihn zu Hause los is?« Julius sieht mich mit aufgerissenen Augen an. »Sein Vater, der Bastard, rastet komplett aus, ja. Schlägt Gino, schlägt seine Mutter vor sein Augen, säuft nur. Weißt du, was mit den 200 Euro von den Computern is? Der Hurensohn hat ihm geklaut, ja. Ich schwöre dir, Lukas ...« Er spuckt vor sich auf den Boden.

»Und wie soll Tilidin ihm dagegen helfen? Wenn's so schlimm ist grade, warum ruft er nicht die Polizei? Warum rufst du sie nicht? Besorgst ihm stattdessen diese Scheiße, und er tötet sein Vater oder wie?« Ich schnappe nach Luft.

»MANN, WAS POLIZEI? WAS FÜR POLIZEI? WAS SOLLN DIE DENN MACHEN?«, schreit Julius.

Ein paar Fahrgäste drehen sich zu uns um. Julius greift nach dem Wodka und nimmt einen tiefen Schluck, die Bahn wird langsamer. »Was solln die denn machen, Lukas? Ganz ehrlich ... Gino meinte zu mir, er will einfach mit seiner Mutter und sein Bruder abhauen, ja. Einfach weg von dem Hund. Dings, aber er kann nich, der lässt die niemals gehen, sperrt sie einfach ein, ja. Er sagt, er muss zugucken, wie der seine Mutter schlägt, aber kann ihr nich helfen. Sitzt, Dings, in seim Zimmer, hört ihn rumbrüllen, hört sie schreien, aber kann nix machen. Weißt doch. Er meinte, er fühlt sich wie der letzte Versager, weil er seiner Mutter nich helfen kann. Ich hab ihm gesagt, er soll ihm einfach Flasche auf'n Kopf hauen. Aber nur so, dass er ohnmächtig is und sie genug Zeit haben, um abzuhauen. Er meinte, er will, aber kriegt's nicht hin, hat Hemmungen. Dann Dings, hab ich ihn gesagt, ich hol ihn Tille, und wenn nächste Mal so was is, soll er nehmen, dann kann er. Mit Tilidin is vorbei mit Hemmungen, ja. Er wollte erst nich, und dann genau an den Tag, wo wir in eurer Schule war'n, schreibt er mir, weil sein Vater wieder ausgerastet ist, dass ich ihm besorgen soll ... Was soll ich machen, ja, er ist mein bester Freund, Mann!«, Julius schnappt nach Luft. »Lass ma auf jeden Fall die SIM-Karte noch drin, falls seine Mutter sich noch ma meldet!« Er guckt aus dem Fenster. »Fuck, Neukölln, wir müssen raus.« Er springt auf.

Sanchez und ich stürmen hinterher. Als die Türen sich gerade schließen, springen wir aus der Bahn. Der Bahnhof ist komplett leer, hoffentlich fährt die U-Bahn überhaupt noch. Wir laufen die Rolltreppen herunter, in der Etage zwischen S- und U-Bahnhof schlafen ein paar Penner auf dem Boden, einer sitzt daneben und atmet Lack aus einer Plastiktüte. Wir laufen wortlos an ihnen vorbei zu den Treppen zur U-Bahn. Die nächste Bahn in Richtung Rudow kommt zum Glück schon in fünf Minuten. Wir gehen bis zur Mitte des Bahnsteigs und setzen uns auf eine Bank. Keiner sagt etwas, Sanchez holt seine Kippen heraus und hält mir und Julius die Schachtel hin. Ich nehme mir eine, zünde sie an und lehne mich zurück.

»Und was machen wir jetzt?«, frage ich. Keiner antwortet. Ich ziehe an der Zigarette, puste langsam aus, schieße drei Ringe durch die Rauchwolke. Hoffentlich geht es Gino gut. Wir kennen uns schon ewig, seit wir Kinder sind. Wir wollten mit achtzehn zusammenziehen, raus aus der Gropiusstadt, irgendwo in die City, wo mehr los ist. Und auch wenn sein Vater es verdient hätte, ich hoffe, er lebt noch und Gino kriegt keinen richtigen Ärger deswegen. Das hat er nicht verdient, er ist der liebste und friedlichste Mensch, den ich kenne.

»Wir suchen ihn, ja«, sagt Julius auf einmal. »Was sollen wir machen sonst? Wir fahren Richtung nach Hause und suchen.«

Ich nicke, Sanchez auch. »Okay, dann lass bis Wutzky fahren und einfach 'n bisschen durch die Gegend laufen, oder?«, frage ich.

»Ja Mann, irgendwo muss er ja sein, ja.« Julius schüttelt den Wodka in seiner Hand und sieht uns an. »Wollt ihr noch, ich hab kein Bock mehr?«

Sanchez zuckt mit den Schultern und nimmt ihm die Flasche aus der Hand. »Bahn kommt«, sage ich und stehe auf.

»Jut, wo lang?«, fragt Sanchez. Ich zucke mit den Schultern und sehe mich um. Außer ein paar Alkis vor dem Center ist der Wutzkyplatz komplett leer. Hier oben am Ausgang vom U-Bahnhof ist noch Licht, in den Wohnungen sind fast alle Lichter schon aus. Sanchez steht neben mir und raucht, Julius hat mein Handy in der Hand und versucht zum dritten Mal, Gino anzurufen.

»Ich schwöre, wieso is sein scheiß Handy aus, ja?« Julius schnalzt mit der Zunge Spucke durch seine Schneidezähne auf den Boden. »Was is denn mit ihm? Mann, Alter …« Er sieht mich hilflos an, so als würde er irgendetwas Beruhigendes von mir erwarten. Aber was soll ich ihm sagen? Ich habe selber keine Ahnung, wo Gino sein könnte. Nicht mal eine Idee. Gino hängt entweder mit uns rum oder er hat Hausarrest; einen Ort, an dem er einfach so alleine rumhängt, gibt es nicht. Zumindest weiß ich nichts davon, und wenn Julius auch keine Ahnung hat, dann gibt es den wohl nicht. Er könnte überall sein.

»Keene Ahnung, sollen wa einfach ma zu ihm laufen? Meinte seine Mutter nicht, dass er krass geblutet hat? Dann müssten wir ja Blut auf dem Boden sehen, oder? Vielleicht finden wa ihn so oder sehen zumindest die Richtung, in die er gelaufen ... Ansonsten müsst ihr sagen, ihr kennt ihn länger als icke. Kein Plan, wo er so rumhängt...«, sagt Sanchez.

Scheiß Plan, aber was Besseres fällt mir auch nicht ein. Ich sehe Julius an, er scheint genau dasselbe zu denken wie ich. »Ja, lass machen. Was soll's ...«, sagt Julius.

Zwischen den Blocks ist es noch dunkler als auf dem Platz. Fast unmöglich, Gino hier zu finden, und bei dem bisschen Licht sieht man auch kein Blut auf dem Boden. Julius tippt mir auf die Schulter und gibt mir kopfschüttelnd das Handy zurück. Ich stecke es wortlos ein.

Ein paar Meter weiter vorne steht ein Pärchen im schummrigen Licht eines Hauseingangs, wir laufen direkt auf sie zu. Die beiden drehen sich zu uns, in der Stille hört man unsere Schritte schon von weitem. Irgendwie kommt mir der Typ da bekannt vor ... Er gestikuliert in unsere Richtung, sieht aus, als würde er uns heranwinken.

»Ist das Cem?«, frage ich Julius. Er antwortet nicht und starrt plötzlich auf den Boden. Ich laufe weiter, Sanchez ist neben mir, Julius hinter uns. Jetzt erkenne ich ihn, es ist wirklich Cem. Cem mit einem blonden Mädchen. Er hat einen Joint in der Hand und lächelt mich an.

»Shuu, wat los, Jungs, allet klar?« Cem gibt uns allen die Hand. »Hier, meine Freundin Denise, ja.« Er legt den Arm um sie und zieht an der Tüte. Das Mädchen lächelt uns kurz zu, guckt hilflos zu Cem und dann auf den Boden.

»Was macht ihr, Party Marty oder wie?«, fragt Cem.

»Nee, äh, wir laufen nur bisschen durch die Gegend und treffen uns gleich noch mit Gino. Der Italiener, der auch im Park dabei war«, sage ich. Cem nickt. »Und du?«

»Ach, nix, ja. Ott aufrauchen und dann zu mir. Weißt schon ...« Er zwinkert mir zu und fängt an zu grinsen. »Jut, Jungs, dann ma bis bald, ja. Und, Dings, wenn ihr was braucht, kommt einfach Park, ja, ick hab neue Gras wieder.« Wieder gibt er uns die Hand. Seine Freundin sagt nichts und guckt auch keinen von uns an, als sie losgehen. Komisches Mädchen.

»War dit der Ticker aus'm Park oder wie?«, fragt Sanchez, als wir ein paar Schritte weiter gelaufen sind. Ich nicke.

Plötzlich dreht Julius sich um. »DU HURE! DU DUMME FOTZE!«, brüllt er und stürmt auf Cem und seine Freundin zu. Die beiden bleiben stehen, Julius ist jetzt vor ihnen und knallt dem Mädchen mit voller Wucht die flache Hand ins Gesicht. Sie fängt sofort an zu bluten und hysterisch zu kreischen. »SCHEISS FOTZE! GESTERN NOCH BLASEN UND HEUTE SO ...«, schreit Julius und will wieder auf sie losgehen.

»DU HURENSOHN«, schreit Cem und schlägt mit beiden Fäusten auf Julius ein, immer wieder ins Gesicht. Das Mädchen rennt schreiend weg, Julius stolpert nach hinten und fällt auf den Boden. Cem läuft hinterher und tritt auf ihn ein. Auf einmal sprintet Sanchez los und kickt Cem von Julius weg. Jetzt liegen alle drei auf dem Boden, Cem steht auf und stürmt wieder auf Julius zu. Wieder springt Sanchez dazwischen. »SCHEISS N****, VERPISS DICH!«, schreit Cem und rammt Sanchez die Schulter in die Brust.

Ich renne zu ihnen. »MANN, REICHT JETZT!«, rufe ich und versuche Cem von hinten von den beiden wegzuzerren. Er reißt sich los und knallt mir dabei den Ellbogen an die Nase. Mir schießen sofort Tränen in die Augen, mein Blick verschwimmt. Ich trete Cem blind von hinten in die Beine, als er wieder auf Julius losgeht. Cem fällt hin. Ich springe auf ihn drauf und drücke ihn so doll ich kann auf den Boden. »REICHT JETZ, CEM. BITTE! ES REICHT!« Meine Stimme überschlägt sich, ich sehe fast gar nichts mehr.

Julius und Sanchez hocken jetzt auch auf Cem drauf und halten ihn fest. »IHR HURENSÖHNE. GEHT RUNTER VON MIR! WALLAH, ICH TÖTE EUCH!« Cem windet sich mit aller Kraft, versucht uns zu treten.

»DIESE DUMME FOTZE«, schreit Julius, sein komplettes Gesicht ist blutverschmiert und voller Dreck. Er wischt sich Tränen aus den Augen. »ICH SCHWÖR'S DIR, CEM, DIE SCHLAMPE HAT UNS VERARSCHT. DIESE HURE!«

»WAT IS DENN ÜBERHAUPT LOS? SEID IHR ALLE BEHINDERT?«, brüllt Sanchez und versucht Cems Beine ruhig zu halten.

»Die Schlampe is meine Freundin, ja«, sagt Julius.

»LAK, WAS DEINE FREUNDIN?«, schreit Cem.

Keine Ahnung, was hier gerade los ist.

»Redet doch, anstatt euch zu boxen!«, schnauft Sanchez.

»Ja Mann, reicht jetzt!«, stöhne ich.

»Okay, okay …« Cem atmet tief ein und aus. »Ick schwöre, geht von mir runter, ja! Wallah, wir reden …«

Ob ich das glauben kann … Lange halte ich eh nicht mehr gegen, mir geht die Kraft aus. Ich sehe Sanchez und Julius an, sie wissen es auch nicht besser.

»Aber wirklich, Cem, wir wollen kein Stress. Wir haben ganz andere Probleme grade«, sage ich. »Bitte, ja! Unsere Brüder sind Freunde, Cem. Klärt das einfach jetz normal. Bitte!«

»Wir reden …«, antwortet er.

Wieder sehe ich Julius und Sanchez an. Sie nicken mir zu und stehen auf. Cem richtet sich langsam auf und hechelt nach Luft. »Ick wär fast erstickt, ihr Missgeburten.« Er baut sich vor Julius auf und guckt ihm in die Augen. »Du hast genau dreißig Sekunden Zeit, mir zu erklären, was du meiner Freundin Schelle gibst, bevor ick dich töte!«, sagt er leise.

»Dings, die Bitch verarscht dich, ja. Und mich. Ich bin seit paar Wochen mit ihr zusammen eigentlich und jetz is sie hier mit dir … Sie sagt mir, sie trifft sich heut mit irgend'ner scheiß Freundin … So eine Hure, ja.« Julius wischt sich zitternd Blut unter der Nase weg. »Ich schwöre dir, sie hatte gestern Abend keine Zeit, wa? Weißt du, warum? Weil sie mit mir war … Du hättest genauso reagiert, Cem. Ich schwöre, ich lüg nicht!«

Cem ballt die Fäuste und starrt ihn an. Seine Unterlippe bebt, er atmet laut. »Okay, ick … wallah, geht ma jetz, ick klär das, ja!«

Ich nicke, Julius macht einen Schritt nach hinten. Wir sollten gehen, bevor Julius wieder ausrastet, er sieht aus, als würde er gleich Amok laufen.

»Tut uns leid!«, stammle ich und laufe langsam los.

»Lukas«, ruft Cem. »Nur damit ihr wisst, selbst wenn stimmt, was er sagt – normalerweise ick hätte dein Freund getötet dafür und euch gleich mit, weil ihr zu dritt auf mich geht. Wallah. Ihr habt Glück, dass dein Bruder und meine Brüder wie Brüder sind, ohne Spaß …« Cem spuckt auf den Boden und sieht mich an. Ich schlucke und nicke wortlos. »Und jetz such ick Denise …« Er dreht sich um und geht.

Sanchez, Julius und ich bleiben stehen, keiner sagt was. Sanchez holt seine Kippenschachtel aus der Hosentasche und nimmt eine Zigarette heraus. Sie ist total krumm, aber nicht zerbrochen. »Wollt ihr auch?«, fragt er und fummelt noch zwei heraus, ohne eine Antwort abzuwarten. Ich stecke mir die Kippe in den Mund, beuge mich zu seinem Feuerzeug herunter. Ich ziehe zweimal, dann ein drittes Mal und atme tief ein. Ich schließe die Augen und atme langsam aus. Plötzlich vibriert es in meiner Hosentasche. Ich stecke mir die Zigarette in den Mundwinkel und hole mein Handy heraus, Unbekannter Teilnehmer steht auf dem Display.

»Julius, bestimmt Gino oder seine Mutter«, sage ich und gebe ihm das Handy.

Er nimmt es mit zitternder Hand, geht ran und dreht sich weg. »Hallo? Okay … Ja …«

Ich sehe Sanchez an.

»... gut, dann sehn wir uns da ... Ja, mach's gut!« Julius legt auf.

Wir gucken ihn fragend an. »War das seine Mutter?«, frage ich.

Julius nickt und holt Luft. »Irgendwer hat Gino bewusstlos Fritz-Erler-Allee an der Bushaltestelle gefunden und Notarzt gerufen, ja. Er ist Krankenhaus Neukölln jetz, meint seine Mutter. Die ham ihr Bescheid gesagt. Sie is schon auf'm Weg ...«, sagt er leise.

»Und, lebt er?«, fragt Sanchez.

»Keine Ahnung, ja. Glaub schon. Sonst hätten sie ihr ja wohl gesagt.« Julius pustet Rauch aus. »Oder?«

»Hä, sowieso«, sagt Sanchez.

»Lass sofort hinfahren. Nachtbus fährt auf jeden Fall noch«, sage ich. Die beiden nicken stumm, und wir laufen los.

»Ich wollt nur helfen, ja«, sagt Julius mit zittriger Stimme. Wir sitzen ganz hinten und sind die Einzigen im Bus. Noch zwei Haltestellen. »Ich schwöre, ich hoffe, sein scheiß Vater stirbt. Gino wird kein Ärger kriegen, ja. War Notwehr ... Ich wollte ihn einfach nur helfen, damit er nich mehr so Hemmung hat und endlich wegkommt von diesen Bastard, Mann. Und seine arme Mutter und sein Bruder. Er hat's nich anders verdient, ja ... Ich wollt nur helfen ... Glaubt ihr mir das wenigstens?« Julius schaut Sanchez und mich an. Sein komplettes Gesicht ist zugeschwollen und voll mit getrocknetem Blut, er hat Tränen in den Augen. Er tut mir so leid. Er ist vollkommen fertig.

»Klinikum Neukölln«, tönt es aus den Lautsprechern im Bus. Ich drücke auf den Stopp-Knopf und stehe auf. Sanchez steht neben mir, Julius sitzt noch. »Dicker, komm!«, sage ich und reiche ihm die Hand. Er greift langsam nach ihr, ich ziehe ihn hoch und lege meinen Arm um seine Schulter.

Wir steigen aus, überqueren die Straße und laufen stumm an der Pforte vorbei in das Krankenhaus hinein. Das grellweiße Licht blendet, außer einem gleichmäßigen Brummen ist es still. Nur unsere Schritte hallen durch den Eingangsbereich. Ich hasse Krankenhäuser. Am Empfang sitzt eine Frau und liest Zeitung. Wir laufen zu ihr, stützen uns auf den Tresen und sehen sie an.

»Wir suchen Gino, äh Luigi Ebert, der muss hier liegen«, sagt Julius.

Die Frau tippt den Namen in den Computer, nickt kurz und sieht uns an. »Ja, der ist hier. Seine Mutter ist auch schon da.« Sie richtet ihre Brille. »Geht's Ihnen gut?« Sie sieht Julius besorgt über den Rand ihrer Brille hinweg an.

Er winkt ab. »Wir wollen einfach zu Gino bitte … Welches Zimmer is er?«

Neuköllner Schuleinbrecher gefasst

Berlin. 19. Juli. Die Polizei hat in der Nacht auf Samstag, den 17. Juli, drei Personen in Moabit festgenommen. Bei den mutmaßlichen Dieben wurden fünf gestohlene Computer und Flachbildschirme sichergestellt, die zwei Wochen zuvor aus einer Schule in der Neuköllner Gropiusstadt entwendet wurden. Bei dem Einbruch wurden Computer im Wert von 15.000 Euro erbeutet. Es handelt sich bei den Einbrechern um eine Gruppe Deutsch-Türken, unter ihnen Abdul K., der der Polizei schon wegen mehrerer Raubdelikte bekannt ist. Die Gruppe wollte die Ware vermutlich verkaufen und wurde von der Polizei überrascht. Sie bestreiten, in die Schule eingebrochen zu sein.